시와 시평

시와 시평

강경석 류신 이기인 이선욱 임선기
박선경 사이토 마리코 레이첼 글레이저
로런 굿맨 제시카 피엘드 제임스 셰이

poetry & criticism

봄날의책

서문
10년의 우정, '시와시평'

2005년 8월 인천에서 '시와시평'은 시작되었다. 그때 회원은 강경석, 류신, 이기인, 임선기였다. 나중에 이선욱이 합류하였다.

그리고 10년. '시와시평'은 이따금 만났으나 친목 모임이었을 뿐 실질적인 동인은 아니었다. 동인이란 이름에 걸맞은 작업을 한 적이 없었기 때문이다.

모임의 10주년을 기념하기 위해 단행본을 기획하면서 우리는 동인이 된 셈이다. 동인이 되기까지 10년이 있었다.

'시와시평'의 동인은 현재 몇 가지 특성을 갖는다. 모두 인천과 인연이 있고, 시집을 낸 시인이거나 시평론가이다. 나이는 1967년생 이후를 우연한 기점으로 삼았다. 여성 동인이 없으나 일부러 그런 것은 아니다. 지역에도 얽매이지 않는다.

《시와시평》은 동인 '시와시평'이 내는 첫 단행본이다. 이 책은 서로 다른 목소리를 담고 있지만 하나의 주제가 내밀하게 통하고 있다. 참여자의 의식에는 '시란 무엇인가?'라는 공통의 문제가 있었던 것이다.

《시와시평》에는 동인의 작품 외에 초대된 비동인의 작품이 있다. 미국, 홍콩에서 글을 보내주신 영어권 시인, 시평론가와, 번역을 해준 서소은 시인께 감사드린다. 사이토 마리코 시인은 한국에 적지 않은 팬이 있는 일본 시인인데 오랜 침묵을 깨는 몇 편 시를 보내주셨다. 2011년에 터진 후쿠시마 원전 사고 때 쓴 시이다. 국내에서는 박선경 시인의 작품을 청하여 싣게 되었다.

앞으로 10년은 어떠할까? 인공지능을 넘어서 인공시를 생각하고 있는 인간-기계의 시대에, 시는 인간-자연의 마지막 선처럼 보인다. 우리의 질문은 다시 본질적일 것이다. 그러나 그만큼 시대적일 것이다.

2017년 1월
'시와시평' 동인

차례

시

이기인

부셔서 외9편

어디서 보았더라 산사나무는 어디서 보았더라
작은 열매를 꺼내놓으면서 어디서 보았더라
땅으로 내려오는 나뭇잎은 허공을 짚어보고
모르는 나뭇가지로 어울리는 빛은 나뭇가지 위로도
느린 걸음도 혼자의 하늘로 거미줄을 엮어놓은
어디서 보았더라 담벼락을 오르는 줄기도 바람을
피아노 학원으로 뛰어가는 운동화도 주춤거리는
어디서 보았더라 하얀 걸음이 옷을 입히는 골목으로
비슷하게 어울리다가 흩어지는 다치지 않은 구름
밝고 어두운 빛으로 산사나무로도 들어가는

주무르고

상자의 보통을 주무르고
이유 없는 도형의 선을 넘어서 동기 잃은 모서리들
바깥으로 나온 점을 아무것도 하지 않은 날에도 주무르고
중력이 있는 것을 어쩌다가 움츠러드는 것을
어렴풋한 이름과 물렁한 뼈와 얼룩을 포함하는 바닥을
오래된 문고리의 멍으로부터 붉은 따옴표 비슷한 심장을
보자기에서 풀어놓은 조용한 장기와 살을 데리고 살듯이
스스로 연루된 허벅지 살처럼 기록적으로 주무르고
작아지는 소리와 다른 저녁의 어려운 여백을
무엇이라도 비우려고 기울어지는 상자는 한쪽으로

시 | 이기인

붙거나

모두가 떠나고 다시 하나씩 앉을 수 있는
떨어지는 어둠으로부터 의자를 닮아가는
복사된 빛으로부터 집과 나무와 아이들이 걸어가고
영화는 빛나거나 흙으로도 파묻히거나 길어지거나
걸어가거나 수난이거나 무거운 종교로도 분장하거나
배역의 언어를 터트리는 팝콘처럼 조심스러운
자막처럼 한 줄씩 일어서는 자리에게 보여주거나
얼굴의 한 부분이 빛의 신앙심으로 그을리고
모호한 영화를 바라보는 동안 몸에서 흘러나오는
표정이 굳은 주연과 사물의 말이 부딪치고
모아놓을 수 있는 말을 모으거나 끊어버리거나
붙이거나 떼어놓거나 이번 삶과 깊숙이 붙이거나
컴컴하거나 하얗거나 딱딱하거나 조용하거나
여기의 빛이 어디로 달아나는지 알 수 없는
아름다운 빛은 붙잡을 수 없도록 깨져버리는

자장가

하늘색 양말은 하늘색을 벗으려고 잠이 들고
무꽃은 밭이랑을 움직이는 나비와 벌을 잘 모른다고
밀짚모자에 도달한 바람은 팔에 묻은 흙을 먼저
붉은 고무대야 한 마리 강아지처럼 웅크리고
삐져나온 술병 모가지 위로 새소리도 떠나고
무게와 말을 줄인 막걸리 주전자 뚜껑을 열어보고
찌그러진 말을 비우고 어느 먼 조상과 닮은 바위
코가 문질러진 돌장승이 느른한 잠을 좋아하고
풀과 나무 사이를 데리고 하늘로 올라가는 덩굴이
앞다리를 들어 올린 사마귀도 무엇을 들으려고
조그맣게 들리는 것을 알아들었는지 잠시 여기로
들리지 않을 때까지 들으려고 어디로도 좇아가는
채워져 있지 않은 공백으로 내려오고 올라가는

모으고

입을 모으고 다리를 모으고 빗물을 모으고
모두의 냄새가 썩어지지 않는 접시 위로도
박음질이 잘 되어 있는 말들이 어디로 옮겨지는
다루기 쉬운 강아지처럼 꼬리가 만져지는
질감 좋은 초와 흔들리는 불과 부딪치는 물잔
가벼워지는 일은 흔하지 않은 몸의 미안
토막이 되어버린 생선요리와 기도가 사라지는
의자는 더 많은 요리사의 인사말을 기다리고
동등한 자세로 누운 포크와 나이프를 쥐어보는
가소로운 빛 덩어리 전부를 파묻을 수 있는
그림에서 빠져나오지 못하는 모자를 닮은 호수
종소리로 날아가는 점괘를 모으고

이름표

내부에서 외부로 소리내어 읽는 요일들
기억의 맨 꼭대기 빗방울이 손거울을 보고
수수께끼로 굴러가는 일상은 통로를 지나는 물소리
모두를 잃어버리는 손이 혼자가 되어가는 나무들
손톱깎이처럼 빛나는 수면과 날아다니는 울음소리
바위 뒤에서 책을 읽는 아픈 바위 비슷한 단어들
평면으로 돌아오는 걸음이 돌아가고 싶은 꼭대기
하얀 체육복으로 먼저 갈아입은 이름들
흔적이 비어 있는 곳으로 흘러가는

태엽

조금만 더 오른쪽으로
돌려놓은 골도음(骨導音)
텅 비어 있는 산 이름
가까이에 있는 현기증
곤충들이 벗어놓은 세례명을
입고 다니는 이중의 하루
물어보지 않은 것을
잘 간직하는지도 모르고
같은 말이지만 늦게 도착해서
차렷으로 있는 비문
어른거리는 빛은 혼란스럽거나
무효이거나 머릿결이거나
일어나지 않으려고
다르게 누워 있는 시간들
보이지 않는 나뭇잎이
바늘로 흩어지는

입체물

주춧돌 위에 올려놓을 수 있는 가려움
범위를 벗어난 하얀 점들의 운동을 바라보는
올려다보는 소음과 버려진 빛으로 만들어 입는
사이좋은 말투와 추위를 다스리는 혼자
무거운 것을 내다버리고 무거운 것을 끌어안은
비어 있는 것을 좋아하는 호주머니 속을 무엇으로
지금은 언제나 경험을 데리고 깊은 곳으로 또
믿어지지 않는 뒷모습을 뒤집으려고 깎아내는
지름길이 좋으나 다시 길을 잃어버리는 나비춤
아무렇지도 않게 가까운 데서 북으로 일어나는
눈은 크고 바람은 눈을 지나가며 놓쳐야 하는
속으로는 울고 싶지 않은 공간은 울고 있는

시 | 이기인

각도

돌멩이는 아직도 차가운 얼굴로 작아져 보이는
비밀은 지도에서 돌멩이가 중심지역이라는 것
하루하고 조금 더 나아가면 침묵이 깨뜨려놓은 각도를
마주보면서 사라지는 것을 만나야 하는 것을
다리에서 떨어지는 하늘과 놀기를 좋아하는
강물은 매일 다른 표정으로 견디는 돌멩이를 안아주고
보름치 수염으로 걸어가다가 삶의 기울기를 알아보는
방에서 방으로도 이어지는 시간 한가운데 누워 있는
구멍이 넓어지는 돌멩이 옆으로 스쳐가는 부분들
잃어버린 이야기를 데리고 들어가는

이루어지도록

시는 어떻게든 죄의 몸에서만 살려 하고
아무도 말도 없는 곳에서 당신을 찾아내고
건너야 하는 징검돌은 시의 한 살을 붙들고
어디로 가고 있는지도 모르고 밀어서 앞세우고
잊어버린 것을 잃어버리고서 두리번거리는
곳곳에 있는 것들이 하얗게 이루어지도록
이제 남은 것으로부터 모든 것이 하나로도
섬세하게 넘어져 있는 것과 얽혀 있는 것으로
일치하지 않는 일들이 몸소 지나쳐오도록
하루는 하루의 시와도 비겨도 좋아지도록

이선욱

작가 외 9편

너는 지우리라. 네가 그린 모든 것들을. 그릴수록 거대해지는 어떤 화려를. 머리통이 없는 숙녀를. 군상들은 유감없이 떠들겠지만 너는 끝내 모르고 그대로 뉘우치리라. 엉엉.

증명

　고전은 왜 훌륭한가. 현대성에 관한 이야기 따위는 차치하더라도 당신은 이 물음에 대해 답할 의무가 있어. 만약 답하지 못한다면 당신 손에 들린 썩은 황금이 지금까지의 모든 지도들을 불태우게 될 테니까.

시 | 이선욱

이발소

이발소에 앉아 생각하네. 머리를 깎는 이발사와 함께. 차분한 목소리의 뉴스를 들으면서 비스듬하게 바라보는 거울 그리고 가물거리는 눈. 우리는 변화하고 있구나. 조금씩, 이상하게, 아름답게. 새하얀 가운을 입고 앉아서. 이렇게, 조금씩, 환하게.

아침

한 가지 분명한 사실은, 이 커피는 태양만큼이나 오래된 맛이라
는 거요.

시 | 이선욱

우중

비는 내리자마자 낡아버리지. 공중을 스치는 순간 낡아버리는 빗금들. 古都의 흐려진 풍경 위로 낡은 빗금들이 내리네. 빗금 위로 차갑게 스치는 빗금들. 그것들은 안개와 먼지와 아우라 같은 스케치, 꿈의 흠집. 과거는 빠르고 지붕은 하나둘 무너지고. 고개를 들어도 새로운 비는 내리지 않네. 오, 최초의 계시를 망각하기 전까지는.

안부

  걱정하는 동생에게 전해주시오. 나는 지금 어울리지 않는 옷을
입고 모르는 사람들과 함께 앉아 딴 세상 이야기를 나누고 있소.
한 마리의 공작처럼. 즐겁게.

아이들

아이들은 모여서 담배를 피웠지. 여러 개의 불빛들이 한곳에서 피어올랐지. 저마다 가방을 걸쳐 메고. 아무 말 없이 미간을 찌푸리고 있었지. 침묵을 깨듯 가끔씩 침을 뱉기도 했지. 별다른 유흥도 없이. 연기만을 풍기며. 그러고는 어디론가 사라졌지. 어깨동무한 천사를 따라서.

타이밍

창밖을 보시오. 꽃이 졌으니 이제 우리의 이야기를 할 시간이
오.

인간

정신을 망가뜨리는 건 힘이 아니야. 어떤 정신도 견고한 골격으로 이루어지지는 않았으니까. 그러니 정신을 차리려고 어금니를 깨물 필요는 없어. 애초부터 타락이란 폭력이 아니었으니까. 오히려 위로에 가깝지. 어머니의 거짓말 같은 위로. 음성 없는 그녀의 속삭임. 인간은 다만 푸른 피를 흘릴 뿐이야.

그대

그대의 미소는 무지개. 웃을 때마다 드러나는 가지런한 치아처럼. 처음부터 끝까지 흑백으로 빛나는.

시 | 이선욱

임선기

거의 블루 외 9편

밤은 검은 적이 없지
밤은 푸른 적도 없지
밤은 환한 적이 많지
울기도 많이 울었지
밤은 지붕을 다니고
굴뚝이 하나 있지
밤은 푸른 적이 없지
검은 적도 없지
나는 건반을 치지
밤은 만난 적이 없지 하지만
나를 기억하지
나는 누구에게도 말한 적 없네.
밤은 거의 진실
거의 나
거의 너

* Almost Blue. 1982

축제

모두 춤추고 있을 때 나는
머뭇거리고 있었다
네가 손을 내밀었으나
나는 멈춰서고 말았다
나는 춤출 수 있었으나
춤출 줄 몰랐다

비인칭

눈이 오는 것이 아니다 차가 달리는 것이 아니다 내가 중국집에서 면을 먹는 것이 아니다. 오는 것이 눈이다 달리는 것이 차이다 중국집에서 면을 먹으며 밖을 보는 것이 나이다. 나는 그런 것의 합도 아니다. 그가 전화하는 게 아니다 전화하는 그가 있는 것도 아니다 전화하는 것이 그이다. 전화하는 것이 그라는 말이 던져져 있다.

力

전신주는 전선들을 당기고 있고
전선들은 전신주를 당기고 있다
새는 나를 당기고 있고 나는
새를 당기고 있다
손과 손바닥의 관계는
발과 발바닥의 관계와 같다
석양이 터진다
진달래 아래를 지나는 달팽이는
다리 위를 지나는 철학자와 같다.

발화

말 하나
들에 떨어졌을 때
환하게 일어나던 기름밭

나는 그때
말하는 법을 배운 겁니다

애드거 앨런 포에게 바치는 나날

검은 고양이
검은 실내
검은 비
검은 우산
검은 옷
검은 피아노
검은 건반
검은 지팡이

절뚝거리며
걷는
짐노페디

눈

나는 말을 끊었다

나는 너에게
나에게
내린다
눈처럼

눈처럼
너의 위에
나의 위에
서

잠시

休

나무에서
사람이 쉰다
나무와 사람이 쉰다
쉰다는 건 얼마나
아름다운가,
나무와 사람은
심장 모양이다
심장 모양은
하늘과 통한다

겨울

겨울은
유리창
모여 있는
사람들
딸아이 손잡고
건너는 횡단보도
기다리는 전차.
겨울은
바자회
몇 점 접시
갑자기 온 나뭇잎,
찍힌 사진
너의 머플러.
겨울은
공원
풀숲
에서 들려오는
얼지 않은 속삭임.
크리스티앙 볼탄스키
지지 않는 낙엽

젊은 파르크에게

나도 눕는다 꿈처럼
우리와 세계와 숨
나도 게처럼
집을 지었다
해변에 눕는다 태양 아래
그대여 그대도 누우시오
저 누워 있는 꽃들
나는 눕는다 꿈처럼
조약돌처럼
우연인지 우연찮게 모였는지
조약돌 중 하나로.
그대여
해변에 왔다가는 배는
바다뿐.

박선경

詩 외 1편

꽃이 피는 사이
만개한
두 걸음 사이
닫힌 문 안으로 들어간 사이
모든 열렸다 닫히는
둘 중 하나
나와 내가 부재(不在)한 사이
씬과 씬의 거리
빈 의자를 싣고 달리는 열차가
이어붙인
나와 풍경 사이의 거리
칼집 낸 닭의 가슴이 좌우로 나뉜 거리
뭉클하게 솟구치는 붉은 피
같기도 한
두근대는 심장박동 사이
날것의 피비린내
왼쪽 눈동자와 오른쪽 눈동자
한쪽만 바라보게 되는 사이

속임수
자꾸만 망치는 자화상

나의 反

나의 反은 이 순간 함께 밥을 먹고 있는 나이다
나이면서도 방향이 다른 수저를 동시에 들어올리는
흰 얼굴의 나는 검은 얼굴의 反이 아니라
마주한 거울 사이로 밀려난 구름의 반대편에 서 있을 뿐이다
내 앞의 나는
내게 反한 거울 속 나와
사랑에 빠진다
날마다 꽃을 선물하고 왼손으로 써내려간 편지를 읽어가지만
좌절된 사랑의 대답
언제나 우리는 같았다
그럴 때마다 나의 反은 이 순간의 사랑
마주한 거울 속 멀어지는 나의 뒤통수들
오른손으로 꺼내든 거울을 왼손으로 되돌려주는
결코 포개어지지 않는 거울 속의 나이다

사이토 마리코

2011.6 후쿠시마에서 외 2편

1

하늘의 한쪽 어깨가
쑥 올라간다
하늘이 울지 않으려고 참고 있기 때문이다
저 어깨를 내려줄 수 있다면
그럴 수만 있다면
하면서
하늘을 올려다보고 있다

2

물이 화상을 입고
하늘이 구토감을 참고 있다
맑게 갠 날씨, 조용한 마을
목소리 없는 비명소리가
다 휘발된 뒤에 펼쳐지는
매우 맑은 악몽들
마치 현실처럼
앞뒤가 전혀 맞지 않은 채 투명해져가는 악몽들

3
모든 것이 새어나간 건물에 남겨진
난간도 없고 층계참도 없는
오로지 올라가야 할 뿐인
끝없이 긴 나선계단
그 도중에 잠깐 앉아 아이를 낳는 여자

4
대기중 비명농도(悲鳴濃度)는 이제
한계를 넘었다
들판과 거리, 마을과 동네가 아직
인질이 되어 있다

5
목소리 없는 비명소리는
마치 증발한 것처럼 보이면서도
빗물에 녹아서 다시 한번
땅 위로 돌아온다

2015. 5 - 1

바짝 마른 기억
굳어진 기억
기억에 물을 주었다
다음날
무말랭이처럼 얌전하게
기억이 물에 불려
식감이 되살아났다
어금니로 악물면
쓴맛도 되살아났다
이 싱싱한 쓴맛 저편에
몇십 년에 한번 올까말까 하는 호우가 그친 뒤의 시원한 하늘
냄새가 난다

시 | 사이토 마리코

2015. 5 - 2

내가 태어난 그날 모습을
할머니가 다 된 내가 쳐다보고 있다
누워서 움직이지 못하게 늙어빠진 나를
태아인 내가 바라보고 있다
둘 다 내가 처음 보는 사람이지만
두 사람 사이로
모든 이야기가 이미 오래전에 순조롭게 끝난 모양이며
이제 내가 덧붙여야 하는 말 한마디 없는 것 같았다

RACHEL B. GLASER

The World of Manet

can't find the draft of my new poem The World of Manet
that I wrote on the Metro-North last month
after finding and taking art books from a box on the street
in Hastings-on-Hudson
where I adventurously left my car

a couple weird hours with those books
dragging my own little art history with me
feeling super dignified on the train
gazing at forgotten works of genius
while a man yapped on his phone
sitting on them on the sidewalk outside Kathleen's office
so as not to dirty my dress

I left the books in Brooklyn
there was one about Titian too, and another I can't remember
never getting to cull them for phrases like I'd like to

레이첼 글레이저

마네의 세계 외 4편

내 새로운 시 〈마네의 세계〉 초안을 못 찾겠어
저번 달 North Metro에서
용감하게 차를 버려두고
Hastings-on-Hudson
길 위 박스에서 찾은 예술 책들을 가져다가 쓴 시 말이야

그 책들과 이상한 시간을 좀 보냈어
나만의 작은 미술사를 끌고 다니면서
전철에서 꽤 잘난 기분으로
잊혀진 천재적인 작품들을 응시하면서
어떤 남자가 핸드폰에 깽깽대는 동안
캐틀린의 사무실 밖 보도에서 그 책들을 깔고 앉아 있었어
내 드레스가 더러워지지 않게 말야

그 책들을 브루클린에 두고 왔어
티치아노에 대한 책도 있었고, 기억 나지 않는 다른 사람에
대한 책도 있었는데
내가 원하는 글귀들을 골라내지도 못하고

plus can't find the draft, which I scrawled on the back of a poem I
was going to read
and then did read at Berl's

but I know the poem will be good
because the title of the book The World of Manet is so dramatic
and fun to use in a line, like "I left the World of Manet in
Brooklyn!"
like I was carrying it around

but I need to cull the phrases
that made Manet seem like such an amusing kind of badass
and made the old world seem funny and amazing
the little details I can't fake now
plus the stuff I wrote on the train
about wanting two statues on either side of my front door
of men covering their crotches
like I saw in the book

거기다 초안도 못 찾겠어, 내가 읽으려 했던,
벌스에서 읽은,
시 뒤편에 끄적인 초안

하지만 그 시가 좋을 거라는 건 알아
왜냐면 '마네의 세계'라는 책 제목은 너무 드라마틱하니까
그리고 시 한 줄로 쓰기에 재밌으니까, "나는 브루클린에 마네
의 세계를 두고 왔어!" 하는 식으로
내가 그 세계를 끌고 다녔다는 듯이 말이야

하지만 나는 글귀들을 골라내야 해
마네를 그렇게 재밌고 멋있는 자식으로 보이게 하고
옛날 세상을 웃기고 흥미롭게 한 글귀들을
그리고 이젠 꾸며낼 수 없는 작은 디테일들
거기다 내가 책에서 본 것처럼
가랑이를 가리고 있는 남자 조각상 둘을
현관문 양쪽에 두고 싶다고
전철에서 쓴 시 몇 줄을

I just walked back into the dark hotel room where John is sleeping
and he asked "who is it?"
as he often acts while he's asleep

I'm so far from The World of Manet which I left in Brooklyn
but I have the idea swelling in my mind
and I've brought you all the way here
a little early to the party
so feel the need to spill my guts
to keep you here longer
because John's asleep
and my world is dim
I haven't seen a good painting in awhile
or made a good painting in longer
if you have the desire to paint
you must paint today
and don't show anyone
be Manet alone
wear a fucking robe

나는 방금 존이 자고 있는 어두운 호텔 방 안으로 다시 걸어 들어왔어

그는 "누구야?" 하고 물어봤어

그가 잘 때면 종종 그러듯이

난 브룩클린에 두고 온 마네의 세계와 너무 멀리 있어

그래도 그 생각은 내 마음속에 부풀어 올라

그리고 난 너를 여기까지 데려왔으니

파티에 좀 이르지만 말이야

그래서 내 속을 털어놔야 할 거 같아

널 여기 더 오래 잡아두려고

왜냐면 존은 자고 있으니까

그리고 내 세계는 어둑하고

좋은 그림을 본 지 꽤 됐어

좋은 그림을 만든 지는 더 오래됐고 말이야

그리고 싶은 욕구가 있다면

오늘 그려야 해

그리고 아무한테도 보여주면 안 돼

혼자 마네가 돼

씨발 가운이나 걸쳐

feel those ancient drugs

see the curtain and die a little

Manet was so dashing

painters were so serious

but no one is dashing and serious now

그 고대의 마약을 느껴봐
커튼도 보고 조금 죽어도봐
마네는 정말 근사했어
예술가들은 너무 진지했고
하지만 이제 아무도 근사하고 진지하지 않아

Can you find me?

I'm in my parents' house
where part of me remains
I'm on white sheets
for real
I am
my finger smells like the most dangerous perfume
I'm nude as a painting
did you know I'm addicted to email?
I am
I once bought a taxidermied frog on eBay
it was dressed like a policeman
I gave it to my first boyfriend
where is it now?
somewhere among the chaos
ground into to bits
last night I flirted with a dude by giving him my social security
number
have you ever tried that?
my hair is so unkempt that just I felt like Kurt Cobain
as I stepped over the yoga mat and checked out my boobs in the
mirror
John is in Silentland with the teen monks

날 찾을 수 있어?

난 우리 부모님 집에 있어
내 일부가 남은 곳이지
난 흰 시트 위에 있어
진짜로
난 있어
내 손가락에선 제일 위험한 향수 같은 냄새가 나
난 그림만큼이나 누드야
내게 이메일 중독이 있다는 걸 알아?
난 있어
언제 이베이에서 박제된 개구리를 산 적 있어
경찰같이 옷을 입혀놨더라고
내 첫 남자친구에게 줬어
이젠 어디 있지?
혼돈 가운데 어딘가
잘게 갈려서
어젯밤 내 주민등록번호를 주면서 어떤 녀석에게 꼬리 쳤어
넌 그런 적 있어?
요가 매트를 밟고 올라서서 거울 속 내 가슴을 좀 보는데
내 머리가 너무 헝클어져서 꼭 커트 코베인 같은 느낌이 들었어
존은 고요섬에 청소년 스님들과 있어

do you know John?

he is the sweetest

his neck is a place

he's got great hair

he almost never channels Kurt Cobain

he's more like Harpo

or Olive Oyl

I had to Google the spelling of that

do you ask your most embarrassing questions on Incognito tabs in Chrome?

I do

I ask about love and read the message boards

I love reading frantic wtf messages from women about to be married

I like the desperation

and the frankness

I like when the original poster returns to the board to update us

I like being part of "us"

I'm wearing my mouth guard now

can you hear the difference?

a naked woman talking like a little girl is like something you see in a circus

존을 아니?

그는 최고로 착해

그의 목은 장소야

멋진 머릿결을 가졌어

그는 거의 절대 커트 코베인에게 몰두하지 않아

그는 좀 더 하포 같아

아니면 Olive Oyl

난 저 철자를 구글링해야 했어

넌 제일 쪽팔린 질문들을 크롬의 시크릿 모드에서 물어보니?

난 그래

사랑에 대해 물어보고 게시판을 읽어

곧 결혼할 여자들의 멘붕 게시글을 읽는 걸 너무 좋아해

그 절박감이 좋아

그리고 솔직함

원본 작성자가 게시판에 돌아와 우리에게 후기를 알려주는 게 좋아

"우리"에 속하는 게 좋아

난 지금 내 마우스 가드를 끼고 있어

차이가 들려?

발가벗은 여자가 어린 여자애처럼 말하는 건 서커스에서 보는 것들 같아

in the natural circus

like a mother with food on her nose

or two catfish quietly in love

자연의 서커스에서
코에 음식 묻은 엄마같이
아니면 조용히 사랑에 빠진 두 메기같이

My naked princess

you have the right face for everything
except charity work
except zookeeper

시 | 레이첼 글레이저

내 벌거벗은 공주님

당신은 모든 것에 올바른 얼굴을 가지고 있어요
봉사 활동 빼고
동물원 사육사 빼고

I miss my enemy

and the desperation during parties
the elastic whip of emotion
battering the sidewalk
I want a girl to look at me with disdain
while I pull her boyfriend away from her
like an Arab scarf from a fire
I want to lay on the Persian rug
while my phone convulses from long distance calls
I stroke the face of my European boyfriend
I yank off his Brazilian soccer jersey
"Get real," my enemy hisses from the keyhole
I pause, a real Arian pause
"I'm so real," I say
and unbraid all the braids in my hair
nothing unnerves me
my enemy saunters in
and I watch her pleased
my phone drones on with rings
from unknown numbers
the boy hesitates

내 적이 보고 싶다

그리고 파티 중의 절박감
보도를 난타하는
감정의 탄력적 채찍
여자애가 날 경멸하며 쳐다봤으면 좋겠다
내가 걔 남자친구를 걔한테서 끌어오는 동안
불 속에서 아랍 스카프를 끌어오듯이
페르시아 매트에 눕고 싶다
내 폰이 장거리 전화로 경련하는 동안
내 유럽인 남자 친구의 얼굴을 쓰다듬는다
그의 브라질 축구 저지를 홱 잡아 벗긴다
"집에 가," 내 적이 열쇠 구멍 뒤에서 쉭쉭거린다
나는 잠깐 멈춘다, 진짜 종교적인 멈춤
"나 집인데," 라고 말한다
그리고 내 머리의 모든 땋은 가닥을 푼다
아무것도 날 불안하게 하지 않는다
내 적이 어슬렁 들어온다
그리고 난 그녀를 기쁘게 바라본다
알 수 없는 번호들의 전화 소리로
내 폰은 계속 웅웅거린다
소년은 멈칫한다

"Don't hesitate, Albert,"

she says, "we find it very unattractive"

"멈칫하지 마, 앨버트"

그녀가 말한다, "그거 우리한테 완전 비매력이니까"

Eliza kept calling me great

I imagined my mind was each minute
making hallways to new parts of the mansion
I saw people as their parents' dreams and troubles
each a piece in the big game
the air felt better than air
I was snug inside my high school poems
that began from a sense of well being
then danced into a dark spot
a school trip into darkness
and now I'm wondering
what was that earlier thought?
was it just that the past and future are dreams?
and my earlier earlier thought
what was that one?
something damning and exciting about people
about people growing
I can't remember
I've talked too much
to too many people
but I'm proud of how bad my hair must look

엘리자가 자꾸 나보고 최고랬어

내 마음이 일 분 일 분이라고 상상했어
저택의 새로운 부분들로 가는 복도를 만드는
나는 사람들을 그들 부모님의 꿈과 고민으로 봤어
각각 거대한 게임의 한 조각
공기는 공기보다 좋게 느껴졌어
내 고등학교 시들 안에서 나는 따뜻했어
잘 산다는 느낌에서 시작해
그러곤 어두운 자리로 춤춰 들어간 시들
어둠으로의 수학여행
그리고 이제 난 궁금해
아까 그 생각이 뭐였지?
그냥 과거랑 미래는 꿈이라는 거였나?
그리고 내 아까 아까 생각
그건 뭐였지?
사람에 대한 뭔가 신랄하고 신나는 거
사람들이 자라는 것에 대한
기억이 안 나
너무 말을 많이 했어
너무 여러 사람들에게
하지만 난 내 머리가 얼마나 거지 같아 보일지가 자랑스러워

and how I'm about to meet up with you as a mind

a mind within a mess

a string of moments clinging together

I have lost my great realization about people

I've just taken a good five minutes to sit and really try to remember

I'm sitting on some church steps if you can believe it

I just farted against them

the air is warm

like it was in high school

and I've made a full circle back to this same block

I just farted again

and it sounded nothing like a fart

but like a plastic toy falling down steps

I leave the churchyard

feeling gothic

like a minor character in a play

(or why not—a major one!)

and walk a block toward the school

examining the children's art on display

그리고 내가 곧 너랑 마음으로써 만날 거라는 것도

어질러짐 속의 마음

서로 달라붙는 일련의 순간들

사람들에 대한 중대한 깨달음을 잃어버렸어

방금 적어도 5분은 앉아 진짜 기억하려고 시도해봤어

믿을 수 있을까 싶지만 어떤 교회의 계단에 앉아 있어

방금 그 위에 방귀 뀌었어

공기는 따뜻해

고등학교 때처럼

그리고 나는 한 바퀴 빙 돌아서 이 똑같은 블록에 돌아왔어

나 방금 또 방귀 뀌었어

그리고 전혀 방귀 같은 소리가 안 났어

그저 플라스틱 장난감이 계단에서 떨어지는 것 같았어

나는 교회 묘지를 떠나

고딕한 느낌으로

연극의 조연처럼

(아니면, 뭐 어때—주연!)

그리고 그 학교 쪽으로 한 블럭 걸어가

전시해놓은 어린이 예술작품들을 살펴보면서

intrinsically knowing which puppets other puppets would find
sexually attractive
I meet up with you and soon after
a woman with eyes gleaming of infinite possibility
asks for bus money
insisting on how young we look
her outfit may as well be a black shirt covered in question marks
giving her money feels like the right move in a video game
and we find ourselves at the bad prom sushi place
in a good example of my high without weed feeling
I waltz through the next couple hours
an ATM hangout in the little glass room
a sink in the Ethiopian restaurant bathroom
where the hot water combines with the cold
on a little porcelain piece above the bowl
making me feel like an alchemist
hours later I remember my idea
that people aren't just wanting their lover
to take the place of their mother or father

어느 인형들이 다른 인형들에게 성적으로 매력적일지 본능적
으로 알면서 말이야
내가 너랑 만나고 나서 바로
눈이 끝없는 가능성으로 빛나는 여자가
버스비를 달래
우리가 얼마나 어려 보이는지 우기면서
그녀의 복장은 물음표로 뒤덮인 검은 티인 게 나을 뻔했어
그녀에게 돈을 주는 건 비디오 게임의 옳은 선택 같아
그리고 어느새 우리는 거지 같은 고등학교 무도회 스시집에 있
어
대마 없이 취한 기분의 좋은 예시 속이야
그 후 몇 시간을 땅 짚고 헤엄치며 보냈어
작은 유리 방 안의 ATM 집합소
에티오피아 음식점 화장실 안의 세면대
뜨거운 물이 차가운 물이랑 합쳐지는
그릇 위에 작은 도자기 한 점 위에서
내가 연금술사 같은 기분이 들게 해
몇 시간 후에 난 내 아이디어를 기억해내
사람들은 자기 애인들이 그저
자신들의 어머니나 아버지의 자리를 채워줬으면 하는 게 아냐

no
people want their lover
to replace their mother, father, brother, sister, and dog
and no one can do it!
that was the thought
no one is reasonable!
maybe animals are
the people thought isn't as great as I'd thought
doesn't wow me this time
feels like a thought almost everyone thought today
but I have great instincts!
Eliza said
though she is high off new love and her finished screenplay
and I want to write of the bathroom line drama
the butt foam
why my heart was pounding in the bookstore
we pass hell-storm Brooklyn
and I look at plastic bags
among the chain-link

아냐

사람들은 자기 애인들이

어머니, 아버지, 형제, 자매, 그리고 개까지 대신해줬음 하는 거
야

그리고 그건 아무도 못해!

그게 내 생각이었어

아무도 합리적이지 못해!

어쩌면 동물들은 그럴지도

내가 까먹은 사람 생각은 내가 생각한 만큼 대단하지 않아

이번엔 날 열광시키지 않아

오늘 거의 모든 사람들이 생각한 생각 같아

하지만 난 엄청난 본능이 있어!

엘리자가 그랬어

그녀는 새로운 사랑과 그녀가 다 쓴 영화 대본에 취했긴 하지만

그리고 나는 화장실 줄의 극적임에 대해 쓰고 싶어

그 엉덩이 폼

왜 내 심장이 서점 안에서 쿵쾅거렸는지

우리는 지옥 폭풍 브루클린을 통과하고

난 비닐 봉지들을 쳐다봐

철사 울타리 가운데

like caught souls

eventually, my vivacity is overpowered by cruel internet bloopers

shitload of pain

and the familiar boredom

that finds us all

that nestles up

that sets right down

but the past is a story

and the future a less detailed story

and the dream sticks a little on both ends

잡혀버린 영혼들같이
결국 내 생기는 잔인한 인터넷 NG들에게 압도돼
존나 개 심한 고통
그리고 우리 모두를 찾아내
파고드는
자리 잡는
익숙한 지루함
하지만 과거는 이야기야
그리고 미래는 디테일이 좀 부족한 이야기
그리고 꿈은 양쪽 끝에 좀 들러붙어

LOREN GOODMAN

Chances of rain

Chances of rain
Is a poem written
By me. On the surface
It is about what happens
Inside you when you look
Outside the window
Inside you. But beyond
The surface, much deeper
It is really about much
More than that—it is
As much about desire
As it is about the desire
For rain, and perhaps
Even more than this
The desire for rain
It is about the lives and
Experiences, trials and
Triculations of each
Thundercloud and light-

로런 굿맨

강수 확률 외 4편

강수 확률은
제가 쓴 시입니다.
표면적으로는
자신 안의 창문
밖을 봤을 때
자신 안에서
일어나는 일을
다룹니다. 그러나 표면을
넘어서, 더욱 깊게 보면
그건 사실 훨씬
중대한 일을 다룹니다—
비에 대한 욕구에
대한 만큼 욕구에
대한 것이고 또 혹은
이 비에 대한 욕구
보다 훨씬 더,
하나 하나의 뇌운과 번
개의 삶과 경험과 시련과

Ning bolt. It is about the
Feelings of the droplets
As they welt your skin

But to be honest, I don't
Know what it is about—
I have not written it yet

난류(難流)에 대한 것입니다.
작은 물방울들이 피부를
때릴 때의 느낌에
대한 것입니다.

하지만 솔직하게 말하자면, 전
그게 뭐에 대한 건지 모릅니다—
아직 안 썼거든요.

In praise of Kant

One of my favorite works of
Philosophy was written by the German
Tinker Immanuel Kant. Perhaps
You have heard of him. It is
Called Critique of Pure Raisin.
In this book, Immanuel Kant
Wrote about many things, but it is
Mainly about how if just because
Most other people like raisins, that
Doesn't mean you have to. So if you
Don't like raisins, you don't have to
Feel bad about it. This alone was one
Of Kant's most significant contributions
To the world. Overall, however, one
Gets the sense that the book is more
About purity than raisins. Purity can
Be dangerous, as it can lead to ethnic
Cleansing. He also wrote another book

칸트를 찬양하며

제가 제일 좋아하는
철학서 중 하나는 독일의
사랑가인 임마누엘 칸트가 썼습니다. 아마
들어봤을지도 모르겠네요. 이는
《순수건포도비판》이라는 책입니다.
이 책에서 임마누엘 칸트는
여러 가지에 대해 썼지만,
요지는 그저 많은 다른 사람들이
건포도를 좋아한다고 해서
당신도 그럴 필요는 없다는 겁니다. 그러니까 당신이
건포도를 좋아하지 않는다고 해서
죄책감 느낄 필요 없어요. 이것 단 하나가
칸트가 세상에 기여한
가장 중요한 것들 중 하나입니다.
그러나 전체적으로 봤을 때, 독자는 이 책이
건포도보다는 순수성에 대한
것이라고 느끼게 됩니다. 순수성은
위험할 수 있습니다. 이는 인종
청소를 초래할 수 있기 때문이죠.
그는 다른 책 하나를 썼는데,

Which is probably my second most
Favorite, entitled A Reason in the Sun.

One thing I find difficult to understand
About Kant is how he went from a career
In philosophy, always thinking about
The deepest things, to devoting most of
His time and efforts to the adult film
Industry. However, after watching
Some of his biggest hits, such as
Immanuel I, Immanuel II, Goodbye
Immanuel, Black Immanuel and
Immanuel's Revenge, I believe I
Have found something some
Scholars could be interested in:
The importance of sex in our lives
After spending so many years cooped
Up indoors thinking about raisins
Who likes them and who doesn't
And why it matters, never having
Set foot outside his hometown, I can

아마 내가 두번째로 좋아하는 책일 거예요.
제목은《태양 속의 건포도》입니다.

제가 이해할 수 없는 것 하나는
칸트가 어떻게 철학이라는 학문을 하다가,
항상 가장 중대한 일들에 대한 생각만 하다가
그의 시간과 노력을 모두 성인 영화
산업에 쏟아 붓게 되었는지예요.
그러나, 그의 대히트 작품들,
《임마누엘 1》,《임마누엘 2》,《안녕
임마누엘》,《블랙 임마누엘》, 그리고
《임마누엘의 복수》등을 보고 나니 저는
몇몇 학자들이 관심을 가질 만한 것을
찾았다고 믿게 되었습니다:
우리 삶에 있어서 섹스의 중요성
여러 해를 거쳐 실내에 갇혀
건포도에 대한 생각만 하다가,
누가 건포도를 좋아하고, 싫어하고,
왜 그게 중요한지, 절대
고향에서 발을 떼지 않은 채, 나는

See why Kant decided to become
A porn star. No doubt for the
Same reason Emily Dickinson
Wrote 17,000 poems a year
Pent up in that house all alone
All that sexual energy—flowing
Through the tip of a pen.

왜 칸트가 포르노 스타가 되었는지
이해할 수 있었습니다. 틀림없이
에밀리 디킨슨이 홀로 그 집에 들어앉아
1년에 17000편의 시를 쓴
이유와 같을 거예요.
그 모든 성적 에너지—
펜 끝으로 흐르는.

The balding baby

The balding baby
Munching a cracker
Strapped to his mother's
Back rides his mother
Like an old man
From her pink
Cellphone and green
Converse low-tops
She looks up at him
Like a granddaughter

머리가 벗겨지는 아기

머리가 벗겨지는 아기는
크래커를 아삭거리면서
어머니의 등에 묶인 채로
그의 어머니를 승마한다
노인처럼
그녀의 분홍
핸드폰, 초록
로우탑 컨버스화로부터
그녀는 그를 올려다본다
손녀처럼

Equal rights

No word is superior to another
In sound & power equivalent
This means "a" is neither better nor worse
Than "circumference" or "palimpsest"
And "better" no better than "worse"
And better no better than worse

평등권

다른 단어보다 우수한 단어는 없다
소리와 힘에 있어서 동등하다
이는 "원주"나 "다층의미"보다
"a"가 낫거나 나쁘지 않다는 거다
그리고 "낫다"는 건 "나쁘다"는 것보다 낫지 않다
그리고 낫다는 건 나쁘다는 것보다 낫지 않다

At the Gwanghwamun bakery

I pick up my pretzels
With butter. She is there
Behind the counter. "It's
Been a long time" I say
Trying out my few
Phrases. "You were here
Yesterday!" She laughs
Spinning my pretzels
In plastic with machine-
Like speed and precision
"You're good at that"
"I'm a professional"
She hands me the bag
I turn to walk out but
Turn back to ask the
Significance of the dark
Green lines below her
Wrist. "It's my father's
Name." I nod and turn

광화문 빵집에서

내 프레첼을 픽업한다,
버터와 함께. 그녀는 저기
카운터 뒤에 있다.
"오랜만이에요." 내게
몇 없는 문장을
연습해본다. "어제도
왔었잖아요!" 그녀가 웃는다,
플라스틱 안에 든 내 프레첼을
기계 같은 속도와 정교함으로
빙 돌리며.
"그거 잘하네요"
"전 프로거든요"
그녀는 내게 봉투를 건네고
나는 나가려고 돌아서지만
다시 돌아서서
그녀의 손목
아래 어두운 초록색
줄들의 의미를
물어본다. "우리 아버지
성함이에요." 나는 고개를 끄덕이고

To go but turn once more

"What about my name?"

"It's not there"

가려고 돌아서지만
다시 한번 돌아선다.
"내 이름은요?"
"없어요."

JESSICA FJELD

The fool's square

In an ice palace I ground walnuts
to a fine paste

and found in them
a second skin
When I say ice palace I mean

I walked among my ancestors
And when I say second skin I mean

I carried my own in my hands
Isn't it funny about chariot racing

how the men and their ponies
race along the roadsides

like memories too often accessed
tending the winter like a family pet

제시카 피엘드

광대의 광장 외 4편

얼음 궁전 안에서 나는 호두를 간다
고운 반죽으로

그리고 나는 그 안에서 찾았다
두 번째 피부를
내가 얼음 궁전이라고 말한 건

내가 우리 조상님들 사이에서 걸었다는 뜻이고
내가 두 번째 피부라고 말한 건

내 피부를 내 손 안에 가지고 다녔다는 거다
마차 경주가 웃긴 게 그거지 않나

남자들과 그들의 조랑말들이
노변을 따라 경주한다는 것

너무 자주 열어본 기억들같이
가족의 애완동물같이 겨울을 돌보며

I sing sweetly by the fence-bound field

to my fear of the things I love   Here go

here go   here go

It's a solar driven planet

It will do what it wants to do

Change its story and recede

Something I love is to plunge my hands directly into it

and to turn my shoulder and freeze it out

An uneven copse of trees lays across the hillside like a bearskin

full of teeth and tenderness

A river like a much-walked road

시 | 제시카 피엘드

나는 울타리에 묶인 들판 근처에서 달콤하게 노래한다
내가 사랑하는 것들에 대한 나의 두려움에게   자, 가
자 가   자 가

이건 태양을 동력으로 하는 행성이다
자기가 하고 싶은 대로 하겠지

자신의 이야기를 바꾸고 멀어지겠지
나는 내 손을 그 안에 곧장 풍덩 빠뜨리는 걸 즐긴다

그리고 내 어깨를 돌리고 그걸 얼려 내보내는 거다
울퉁불퉁한 나무의 시신들이 언덕 비탈을 가로질러 누워 있다
곰 가죽같이

이빨과 부드러움으로 가득한
아주 자주 걸은 길 같은 강

On the battleground

When I buried myself in the earth it was
in order to feel the coolness of the earth
and to give a reason

for why the earth was so silent
Here away from the god-like clouds
I could hold my own mind
like a chipmunk in my hands

And why not bellow
HULLLLLOOOOOOOOO
or feel further for the roots of trees?
I smelled around for the reason

The silence took the noise and
made more silence

전쟁터 위에서

내가 나를 흙 속에 묻었을 때 그건
흙의 시원함을 느끼기 위해서였다
그리고 이유를 주기 위해서

왜 지구가 이토록 고요한지에 대한 이유
여기에서, 신 같은 구름들로부터 멀리 떨어져
나는 내 마음을 쥘 수 있다
손안의 다람쥐처럼

그리고 함성 지르는 건 어때,
아아아아아아안녀어어어어어어엉
아니면 나무들의 뿌리를 위해 더 깊이 느껴보는 건?
난 그 이유를 위해 쿵쿵거렸다

고요함이 소음을 가져갔고
더 많은 고요함을 만들었다

Poem for Jasper Johns

I feel number, more numb
like a swan
I feel like flagstone paths

Every word is entrained to another and
throws out its sticky thread
and I feel numerate   I could
do sums

I could add up suns

It's not a sun without
planets   It's not a planet
if it's a cloud of gas

If you gave me
the fabric of space-time
I would know what to do with it

I know several ways

재스퍼 존스를 위한 시

멍해져요, 더 더 멍해져요
백조같이
나는 정원에 깔린 돌길이 된 기분이 들어요

모든 단어는 다른 단어에 태워지고
그 끈적이는 실을 밖에 떠다 버려요
그리고 나는 셈 같은 기분이 들고   나는 아마
덧셈을 할 수 있을 것 같아요

나는 해들을 더할 수 있을 거예요

해가 아니죠 행성들이
없다면   행성이 아니죠
기체의 구름이라면

당신이 제게
시공간의 원단을 준다면
난 그걸로 뭘 해야 할 지 알 거예요

나는 우리가 가는 곳으로 향하는

to get where we're going
each
more northerly than the next
We'll travel by unspooling

We can't help but
sign our names in water

I feel no sadness
just disaster

여러 가지 길을 알아요
         각각
다음 것보다 더 북쪽으로 가요
우리는 실이 풀어지듯 여행할 거예요

우리 사인을 물로 쓰지
않을 수 없어요

저는 슬픔을 느끼진 않아요
그저 참사만 느낄 뿐

Paper chain

Me and the trees
are already inside your head

which means
you can't let go of your little anxieties

or else
you had better let them go
Hello we are here for the weekend that does not end

It's the quality of the air
that speaks to the weekend-ness

of this experience like
when you find yourself with someone

who likes to make a lot more eye contact
than you like to make

And it seems
like the beginning of something

but you get pretty tired
pretty fast

종이 체인

나랑 나무들은
이미 당신의 머릿속에 있어요

그 말인즉슨
당신은 자신의 귀여운 불안들을 내려놓을 수 없다는 거죠

아니면
내려놔야 할 걸요
안녕하세요 저희는 끝나지 않는 주말을 위해 여기 왔어요

이 경험의 주말다움을 나타내는 건
공기의 질이에요

당신이 어느새 당신보다
눈 마주치기를 훨씬 더 좋아하는 사람이랑 있을 때처럼

그리고 그게
무언가의 시작같이 느껴질 때처럼

하지만 당신은 꽤 지치게 되죠
꽤 빨리

In the dawn of man

I exert my body
among the hundred sleeping animals

I do it for show
and because of the way hills rise out of valleys

how the air moves
         sometimes in the morning

I go through the quiet
of a hundred

gifted marriages
I am the one
to give the gifts

Each depicts my face
like the coin
of some snoozing emperor

시 | 제시카 피엘드

인간의 고초에

내 육신을 분투해요
백 마리 잠자는 동물들 사이에서

멋으로 해요
언덕이 산골짜기에서 자라나는 모양 때문에

공기가 움직이는 모양 때문에
　　　　　　　　가끔 아침에

나는 고요를 지나요
백 개의

복받은 결혼들의 고요를
내가 바로
축복을 주는 사람이에요

각각 내 얼굴을 그려요
무슨 낮잠 자는 황제의
동전같이

Certain of the animals
will not wake

in the beds of grass
I tore up with my own teeth

I'm your hero
whatever kind of hero
it is that you require

시 | 제시카 피엘드

몇몇 동물들은
일어나지 않을 거예요

내 이빨로 찢어버린
풀밭에서

나는 당신의 영웅이에요
어떤 영웅이든간에
당신이 필요로 하는

시평

리듬의 사회성에 관한 스케치

강경석

1.

시란 무엇인가, 라는 물음에 분명한 답을 내놓기는 어렵다.[1] 그러면서도 우리는 오랫동안 '시'를 읽고 쓸 뿐 아니라 배우고 가르쳐 왔다. 삶이라는 관념이 뚜렷이 서지 않은 채로도 '살아가고 있음'이 생생하게 감지될 수 있는 것처럼 시라는 관념이 있기 전부터 시적 실천은 존재해왔는지 모르기 때문이다. 하지만 이렇게 뒤집어 놓는 것으로 충분할까? 그래서 시적 실천의 역사가 먼저 있었고 시라는 관념의 역사가 그 뒤를 따랐던 것처럼 설명하기만 하면 되는 걸까? 물론 그렇지는 않을 것이다. 시적 실천과 시라는 관념 사이에 형성된 상호결정의 역사 또한 엄연하기 때문이다. 실천이 관념을 낳는 것처럼 관념도 실천을 낳는다. 따라서 양자는 차라리 동시에 발생한다고 보는 편이 타당할 듯하다. 이때의 시는 매 순간 새롭게 실천되면서 정의되고 정의되면서 실천되는 무엇인 셈이다. 그러므로 역사적으로 존재해

---

1) 이 글의 목적은 시에서 말하는 리듬이 문언적 의미나 주제 차원과 분명히 구분되는 시의 한 국면이 아니라 오히려 의미, 나아가 시적 전체성의 지배인자임을 논증하려는 데 있다. 그러나 여기서는 본격적인 논의를 위한 예비노트를 마련해보는 것으로 만족한다.

왔던 무수한 시만큼이나 시에 관한 다양한 정의가 가능해진다. 물론 여기서 멈춘다면 처음부터 '시란 무엇인가'라는 물음에 답하기는 불가능하다. 역사적으로 존재해온 모든 시를 하나하나 설명할 수는 없으니까.

2.
따라서 시에 관한 대개의 논의들은 수많은 개별 작품들 사이에서 귀납적으로 추출된 공통요소들에 주목해왔다. 마치 점, 선, 면과 같은 개념들이 기하학의 기초가 되는 것처럼 심상(image)이나 운율 같은 자질들을 탐색함으로써 시의 본질에 다가가려 했던 것이다. 그런데 심상은 시만의 고유한 요소가 아닌 좀 더 일반적인 차원에 놓인다는 점에서, 운율은 현대 자유시로 올수록 가시적 자명성을 상실한다는 점에서 관심의 초점은 점차 일상어와 구분되는 '시적 언어'로 옮겨갔다. 특히 "시어란 일상어에 가해진 조직적 폭력"이라는 러시아형식주의자들의 견해는 널리 그리고 오랫동안 받아들여졌다. 그러나 이러한 관점은 그 발견의 중요성에도 불구하고 크게 두 가지 측면에서 한계를 지니고 있다. 첫째, 시를 언어현상의 하나로 환원하고 있다. 거기에는 시를 구성하고 있는—어쩌면 더욱 본질적일지도 모를—비언어적 요소들의 자리가 마련되어 있지 않다〔不立文字〕. 둘째, 반복되는 향수에도 불구하고 의미나 정서적 전달력이 소진되지 않는 작품들의 존재를 설명해주지 못한다. 고전적 작품이나 구술공동체에 의해 전승된 민요들이 어떻게 그 긴 시간을 견딜 수 있었는지를 괄호에 묶어둔 채 언어 조직의 새로움을 특권화함으로써 이를 봉합하고 말기 때문이다. 그런데 '낯설게 하기(defamiliarization)'로 명명된 새로움이라는 자질은 20세기 이후 미학의 핵심 척도 중 하나가 되었다는 점에서, 그리고 여전히 막강한 영향력을 발휘하고 있다는 점에서 좀 더 따져볼 필요가 있다.

3.

새로움이라는 척도가 미학적 판단의 권좌에 오르는 과정과 시의 원천으로서의 개인저자-시인의 상이 확고해지는 경로는 상당 부분 겹치는 듯하다. 낭만주의에서 모더니즘시대에 이르는 기간 동안 개인저자로서의 시인은 구술공동체의 자리를 거의 완전히 대체해 나갔으며 시인의 의도가 시를 통해 독자에게 전달된다는 발신자-생산자 모델은 자본주의와 인쇄문명의 발달을 배경으로 깊숙이 뿌리내렸다. 그것은 포스트모더니즘이 운위되는 오늘날에 이르기까지도 뜻밖에 건재한 편이다. 이는 작품의 진정한 의미가 소비자인 독자에게 와서야 완결된다는 수신자-소비자 모델에 의해 '의도의 오류(intentional fallacy)'라는 이름으로 오랫동안 비판되어 왔다. 그럼에도 불구하고 시적 실천이 발생시키는 거의 모든 결과와 효과를 저자-시인에게 귀속시키곤 하는 사고의 관습들은 여전히 불식되지 않고 있다. 왜냐하면 한 시인의 시적 인식, 의도, 표현에는 다른 누군가의 그것과는 다른 어떤 고유함이 개재해 있을 것이라는 전제가 거기 가로놓여 있고 수많은 사례를 통해 그것이 관찰 가능한 사실임이 지속적으로 입증되고 있는 듯 보이기 때문이다. 말하자면 하나의 고유함은 다른 고유함과 변별되는 새로움이다. 그런데 같은 듯 다른 이 새로움과 고유함 중 후자로 강조점을 옮기는 경우에는 앞서 지적한 러시아형식주의의 두 번째 한계로부터 벗어날 길이 열린다. 반복되는 향수에도 불구하고 끝내 사그라지지 않는 '영원한 새로움'의 출처가 바로 이 고유함일 수 있기 때문이다. 따라서 서로 다른 고유함들 사이의 변별점에 집착하기보다 예의 고유함 자체의 발생 원리를 주목해볼 필요가 있다. 왜냐하면 새로움은 시적 실천의 목적이 아니라 고유함의 획득과정에서 발생하는 파생효과이기 때문이다. 그러므로 새로움은 고유함의 종속변수다. 그러나 그런 고유함이 개인저자로서 시인에게 모두 귀속된 것인지는 또 다른 물음의 대상이 될 수 있다. 지금부터 해명할 부분이 바로 이 지점이다.

4.

조금 길지만 다른 자리에서 했던 발언의 일부를 옮겨 적어본다.

이 고유함은 어디에서 오는 것이며, 또 어떻게 식별해낼 수 있는지 묻지 않을 수 없게 된다. 모든 사물이 외부 조건의 개입에 의해 타락하기 이전인 자기 자신으로 돌아가 본래의 빛과 목소리를 따라 존재함을 뜻하는 그것은, 그러나 고유함 자체로서가 아니라 고유하지 않은 것들을 비우고 물리쳐내려는 싸움 속에서, 그러니까 부정의 방식으로만 식별 가능한 무엇인지도 모른다. 말과 사물의 고유한 본성은 그 말과 사물 자체에 이미 불변의 실체로 잠복해 있는 것이 아니라 모종의 정진 가운데 암시적으로 드러나며 부단히 생멸을 거듭하는 무상(無常)한 것이기 때문이다.

이 싸움은 어떤 의미에서 원시불교의 위빠사나(vipassanā) 수행을 닮았다. 분리를 뜻하는 위(vi)와 관찰한다는 뜻의 빠사나(passanā)의 합성어인 이 말은 팔리어로 '자아를 벗어나 사물을 있는 그대로 봄〔正見〕'을 의미하거니와 지금 이 순간도 쉼 없이 생멸하고 있는 가장 현재적인 사건으로서 호흡에 몸과 마음을 온전히 집중하는 수행법은 위빠사나의 핵심 중 하나다. 오직 호흡만이 존재하는 무아(無我)의 경지에서 만상은 자신의 고유함을 회복한다는 것이다. 살아 있는 모든 존재에게 호흡은 지문(指紋)과 같은 것이며 시의 리듬이라고 불리는 대체 불가능한 조화의 본질을 구성한다. 옥타비오 파스는 조금 다른 각도에서 이를 다음과 같이 요약한 바 있다. "우리가 생명의 흐름을 타고 우주를 마시는 것은 동시에 호흡 운동이며, 리듬이고, 이미지이며, 의미인 불가분의 통일된 행위이다. 호흡은 시 행위이다. 왜냐하면, 그것은 교감 행위이기 때문이다."

이 교감 행위로서 호흡의 고유함이 개별 시편들을 서로 구분해주며 그 고유함의 밀도, 즉 고유하지 않은 것들과의 싸움의 폭과 깊이가 저마다의 성취를 가르는 척도이다. 언어, 기법, 형식의 새로움은 그 뒤에 혹은 그것과 함께 오는 것이며 이럴 때에야 비로소 한 편의 시는 시적 자아의 비좁은 경계를 넘어 사회와 세계와 우주의 리듬에 동참하게 되는 것이다. 요컨대 시는 호흡이다.[2]

---

2) 강경석, 〈침묵과 호흡〉, 임선기 시집 《항구에 내리는 겨울 소식》(문학동네, 2014) 해설 참조.

이렇게 볼 때 고유함의 거처는 세계와의 교감 행위로서의 호흡이며 그가 개인이든 공동체든 시인은 그 유일무이한 원천이 아니라 매개체, 통로 또는 고유함의 생성을 위한 싸움터가 된다. 그러나 무엇에도 침해당하지 않은 '순수한 호흡'을 가정하기에는 곤란한 점이 많다. 고유함은 유일무이한 하나의 호흡 속에 순수한 지문처럼 안착해 있는 것이 아니라 차라리 수많은 다른 호흡들의 씨줄과 날줄이 교차하는 그때그때의 특수한 관계와 교감 내용 가운데서 드러나는 무엇이기 때문이다. 그리고 그 '무엇'은 사물의 운동처럼 일정한 방향을 지니고 흐르거나 움직이는데 여기서는 그것을 리듬이라는 이름으로 부르고자 한다.

5.

　전통적으로 사용된 운율이라는 개념은 두운, 각운 따위의 반복되는 음성적 자질들을 지칭하는 운(韻)과 자수율이니 음보율이니 하는 언어 수행의 템포와 질서를 뜻하는 율(律)을 합친 것이다. 앞에서도 썼지만 이는 이른바 현대 자유시로 올수록 비가시화(내재율)하는 데다 비언어적 생성의 영역을 포괄하지 못하는 기술적 개념이란 한계를 지닌다. 리듬은 비가시적이고 비언어적인 활동과 그 힘의 작용을 함께 가리킨다. 심상과 운율과 의미가 불가분으로 관계 맺는 자리가 바로 리듬인 것이다. 다시 말해 리듬이란 운과 율이라는 부분적이고 가시적으로 관찰 가능한 요소에 그치는 것이 아니라 그것을 자신의 일부로 포함하는 '시적 의미의 전체성으로서의 음악적 성격'을 일컫는다. 이를테면 "존재의 거대한 율동" 같은 것.

집회장은 밤의 노천극장이었다
삼월의 끝인데도 눈보라가 쳤고
하얗게 야산을 뒤덮었다 그러나 그곳에는
추위를 이기는 뜨거운 가슴과 입김이 있었고
어둠을 밝히는 수만 개의 눈빛이 반짝이고 있었고
한입으로 터지는 아우성과 함께
일제히 치켜든 수천 수만 개의 주먹이 있었다

나는 알았다 그날 밤 눈보라 속에서
수천 수만의 팔과 다리 입술과 눈동자가
살아 숨쉬고 살아 꿈틀거리며 빛나는
존재의 거대한 율동 속에서 나는 알았다
사상의 거처는
한두 놈이 얼굴 빛내며 밝히는 상아탑의 서재가 아니라는 것을
한두 놈이 머리 자랑하며 먹물로 그리는 현학의 미로가 아니라는 것을
그곳은 노동의 대지이고 거리와 광장의 인파 속이고
지상의 별처럼 빛나는 반딧불의 풀밭이라는 것을

— 김남주, 〈사상의 거처〉(1991) 중에서

"갈 길 몰라 네거리에 서 있는 나"가 한 노동자의 인도를 따라
어느 집회에 참여하게 되면서 얻은 깨달음을 진술문 위주로 써
내려간 작품이다. 인용문에 이어지는 작품의 후반부는 "사상의
닻은 그 뿌리를 인민의 바다에 내려야" 하고 "사상의 나무는 그

가지를/ 노동의 팔에 감아야 힘차게 뻗어"나가며 "사상은 그 저울이 계급의 눈금을 가져야 적과/ 동지를 바르게 식별한다"는 주의주의적 진술들로 매듭지어지지만 사실 이 작품의 진정한 중심은 시인이 "존재의 거대한 율동"이라고 부르는 것의 정체가 무엇이냐에 있다. 좀 더 깊숙이 들여다보면 그 깨달음의 내용이라는 것은 예의 참여에 의해 비로소 생성된 것이 아니라 이미 있어왔던 것들이 재확인된 데에 지나지 않는다. "노동의 대지"에 뿌리내리지 않은 사상이 공중누각일 수밖에 없다는 메시지는 시인 자신의 고유한 앎이 아니다. 이미 낯익어져버린 주제를 시적으로 고양시키며 강한 전달력을 회복하게 해주는 자질이 바로 이 작품의 리듬이며 그것에 붙여진 이름이 바로 "존재의 거대한 율동"인 것이다. 내용적으로는 격문이나 선전물에 자주 가까워지곤 하는 김남주의 시가 프로파간다(propaganda) 이상일 수 있는 이유가 여기에 있다. 따라서 위의 시에 "나는 그 집회가 어떤 집회냐고 묻지 않았다 그냥 따라갔다"는 진술이 등장하는 것은 전혀 어색하지 않다. 내용상 노동자 집회일 것이라는 짐작은 할 수 있지만 그곳이 어디이며 내용이 무엇인지보다 중요한 것은 거기에 "추위를 이기는 뜨거운 가슴과 입김이" 있고 "어둠을 밝히는 수만 개의 눈빛이 반짝이고" 있으며 "일제히 치켜든 수천 수만 개의 주먹이" 있다는 사실이다. 비유컨대 중요한 것은 물의 정체나 원리, 구성분자가 아니라 일렁임 자체인 것이다. "나는 알았다" 이후 도치된 목적어절들의 쇄도 가운데 점차 첨예해지는 정서적 고양감과 거꾸로 그것을 차갑게 붙

들어 앉히는 정언적 원칙의 재확인 사이에서 만들어지는 요철,
그 일렁임이 바로 이 시의 고유한 리듬의 형상이다. 물론 이것
이 저자 개인만의 것일 수 없음은 더 말할 나위없다.

6.
김수영의 말년작 〈사랑의 변주곡〉을 통해 좀 더 들어가볼 수도
있을 것이다. 전문을 읽어보기로 한다.

> 욕망이여 입을 열어라 그 속에서
> 사랑을 발견하겠다 都市의 끝에
> 사그러져가는 라디오의 재갈거리는 소리가
> 사랑처럼 들리고 그 소리가 지워지는
> 강이 흐르고 그 강건너에 사랑하는
> 암흑이 있고 三월을 바라보는 마른나무들이
> 사랑의 봉오리를 준비하고 그 봉오리의
> 속삭임이 안개처럼 이는 저쪽에 쪽빛
> 산이
>
> 사랑의 기차가 지나갈 때마다 우리들의
> 슬픔처럼 자라나고 도야지우리의 밥찌끼
> 같은 서울의 등불을 무시한다
> 이제 가시밭, 넝쿨장미의 기나긴 가시가지
> 까지도 사랑이다
>
> 왜 이렇게 벅차게 사랑의 숲은 밀려닥치느냐
> 사랑의 음식이 사랑이라는 것을 알 때까지

난로 위에 끓어오르는 주전자의 물이 아슬
아슬하게 넘지 않는 것처럼 사랑의 節度는
열렬하다
間斷도 사랑
이 방에서 저 방으로 할머니가 계신 방에서
심부름하는 놈이 있는 방까지 죽음같은
암흑 속을 고양이의 반짝거리는 푸른 눈망울처럼
사랑이 이어져가는 밤을 안다
그리고 이 사랑을 만드는 기술을 안다
눈을 떴다 감는 기술—불란서혁명의 기술
최근 우리들이 四.一九에서 배운 기술
그러나 이제 우리들은 소리내어 외치지 않는다

복사씨와 살구씨와 곶감씨의 아름다운 단단함이여
고요함과 사랑이 이루어놓은 暴風의 간악한
信念이여
봄베이도 뉴욕도 서울도 마찬가지다
信念보다도 더 큰
내가 묻혀사는 사랑의 위대한 도시에 비하면
너는 개미이냐

아들아 너에게 狂信을 가르치기 위한 것이 아니다
사랑을 알 때까지 자라라
人類의 종언의 날에
너의 술을 다 마시고 난 날에
美大陸에서 石油가 고갈되는 날에
그렇게 먼 날까지 가기 전에 너의 가슴에

새겨둘 말을 너는 都市의 疲勞에서
배울 거다
이 단단한 고요함을 배울 거다
복사씨가 사랑으로 만들어진 것이 아닌가 하고
의심할 거다!
복사씨와 살구씨가
한번은 이렇게
사랑에 미쳐 날뛸 날이 올 거다!
그리고 그것은 아버지같은 잘못된 시간의
그릇된 瞑想이 아닐 거다

        ―〈사랑의 변주곡〉(1967) 전문

  예감으로 들끓는 시다. 유토피아적 열망과 확신으로 무장된
정치적 격문들처럼 이 시는 가쁘고 벅차다. 반복과 비약을 통해
감정을 고조시키고 있는 점이나 "복사씨와 살구씨가/ 한번은
이렇게/ 사랑에 미쳐 날뛸 날이 올 거다!"라는 선언 등은 종교
적 예언을 연상시키고도 남음이 있다. 여기서는 휴지(休止)마
저도 격렬하다. 그렇다고 해서 이 시가 정치적 격문이라는 말은
물론 아니다. 그것은 이 시가 리듬과 문언적 메시지 차원에서
겹으로 읽히기 때문이다. 종결어미의 출현을 지연시키며 분출
하는 가파른 호흡은 문법적 제약들과 긴장관계를 형성하면서
이 시의 독특한 연행 구분을 낳고 있다. "間斷"인 듯 "節度"인 듯
끊기는 호흡은 숨이 넘어갈 듯 열렬하다. 그러나 메시지 차원에
서 읽을 때, 이 시는 순조롭게 읽히지 않는다. 예지적 충동과 지

적 절제의 부딪힘이 "끓어오르는 주전자의 물이 아슬아슬하게 넘지 않는 것"과 같은 "절도"를 보여주듯, 시어들은 일상적 의미들과 투쟁하면서 자신의 경계를 밀고 안간힘을 쓰며 간신히 나아간다. 마치 "덩쿨장미의 기나긴 가시가지"처럼 자신의 몸을 허공으로 날카롭게 밀어낸다. 그것은 이지적이고 성찰적이다. 그래서 음악적 울림은 앞에 오고 해석(성찰)적 울림은 훨씬 뒤에야 따라온다. 사용된 시어들로 비유컨대 "미쳐 날뛰"는 "사랑"은 앞에 오고 "복사씨와 살구씨"의 "단단한 고요함"은 나중에 오는 것이다. "사랑"과 "고요함"은 우리가 이 시에서 풀어야 할 두 개의 숙제이며 이 두 항 사이의 긴장관계가 작품의 리듬을 조성한다.

7.

'사랑의 변주곡'이라는 제목은 하나의 메타텍스트이다. "사랑"은 이 시에서 도합 16회나 반복되었으므로 제목에 쓰인 것 자체가 의문을 불러일으키지는 않는다. 그런데 "변주곡"이란 무엇인가? 주제의 동일성을 유지하면서도 다양한 변화들을 추구하는 이 음악의 양식은 왜 이 시의 제목에 도입되었는가? 이리로 드나드는 두 개의 문이 있다. 우선 이 텍스트를 김수영이 1961년에 쓴 〈사랑〉이라는 작품의 후속작으로 놓고 접근해보자. 이를테면, 〈사랑〉의 변주곡.

어둠 속에서도 불빛 속에서도 변치않는

사랑을 배웠다 너로해서

그러나 너의 얼굴은
어둠에서 불빛으로 넘어가는
그 찰나에 꺼졌다 살아났다
너의 얼굴은 그만큼 불안하다

번개처럼
번개처럼
금이 간 너의 얼굴은

—〈사랑〉 전문

　〈사랑〉과 〈사랑의 변주곡〉은 시의 형태나 정조의 측면에서
상당한 차이를 갖고 있다. 2연 4행과 3연의 도치구문—"번개처
럼/ 번개처럼/ 금이 간 너의 얼굴은// 너의 얼굴은 그만큼 불안
하다"에서 나타나듯 〈사랑〉은 짙은 비애와 불안의 시다. 4월혁
명의 정신이 쿠데타로 좌초되는 고비에서 이 시가 씌어졌다는
사실을 염두에 두면 예지적 울림의 폭은 훨씬 넓어질 것이다.
이에 비해 〈사랑의 변주곡〉이 유발시키는 정서는 비애와 불안
을 포함하면서도 한층 희망적이다. 그 희망은 "아버지 같은 잘
못된 시간의/ 그릇된 명상"이라는 구절에서 보이듯 자기 세대
에 대한 자조를 등에 업은 것이긴 하지만 "복사씨와 살구씨가/
한번은 이렇게/ 사랑에 미쳐 날뛸 날이 올 거다"라는 기대감 또
한 "신념"에 가까운 듯 뚜렷하기 때문이다. 그런데 이러한 차이

에도 불구하고 두 편의 시에 드러난 "사랑"의 거처는 일관되어 있다. 그 사랑의 거처는 바로 "間斷"(마디, 경계)이다.

① 그러나 너의 얼굴은/ 어둠에서 불빛으로 넘어가는/ 그 찰나에 꺼졌다 살아났다

② 번개처럼/ 번개처럼/ 금이 간 너의 얼굴은

③ 난로 위에 끓어오르는 주전자의 물이 아슬/ 아슬하게 넘지 않는 것처럼 사랑의 절도는/ 열렬하다

④ 그리고 이 사랑을 만드는 기술을 안다/ 눈을 떴다 감는 기술―불란서 혁명의 기술

①과 ②는 〈사랑〉에서 ③과 ④는 〈사랑의 변주곡〉에서 취한 것이다. 1연 1행의 "욕망이여 입을 열어라/ 그 속에서 사랑을 발견하겠다"에서 알 수 있는 것처럼, "사랑"은 아직 "욕망"의 침묵 속에 갇혀 있는 것이거나 "3월을 바라보는 마른나무들이" 준비한 봉오리 안에서 아직 개화하지 않은 것이다. 그러나 그것은 부재하는 것이 아니라 감추어진 채로 '존재'한다. 사랑의 존재를 우리가 믿을 수 있는 것은 끊김과 이어짐, 즉 어떤 경계가 만들어질 때마다 명멸하듯 "사랑"이 자신의 얼굴을 잠깐씩 드러내주기 때문이다. 바로 위의 인용부에서 보듯 어둠과 밝음, 흘러넘침과 넘치지 않음, 눈감음과 눈뜸 사이에서 이 "사랑"은 얼굴을 드러낸다. 번개의 날카로운 섬광에 어두운 밤하늘의 저 뒤

편이 찰나적으로 드러나는 것처럼.

요컨대 "사랑"의 존재는 "어둠 속에서도 불빛 속에서도 변치 않는" 영속적인 것이지만 "사랑"의 현현은 간헐적인 것이다. 이것이 〈사랑〉과 〈사랑의 변주곡〉의 공통분모를 이루며 후자를 전자의 맥락 속에서 읽을 수 있도록 하는 근거가 된다. 그런데 후자를 지금처럼 '〈사랑〉의 변주곡'으로 읽을 경우 더 주목해야 할 지점은 바로 '변주'의 양상이다. 이것이 두 번째 나들문이다.

〈사랑의 변주곡〉은 "사랑"의 양상을 기준으로 나누었을 때 크게 두 부분으로 가를 수 있다. "그리고 이 사랑을 만드는 기술을 안다"라고 진술되면서부터 "사랑"은 수동적 대상에서 능동적 주체로 변주되는 것이다. "사랑이 이어져가는 밤을 안다"에서 "이어져가는"이나, "이 사랑을 만드는 기술을 안다"고 했을 때의 "만드는"이라는 수동/능동의 동사는 접속사 "그리고"로 연결되면서 대립이 아닌 공존의 길로 나아간다. "사랑"은 이미 주어져 있는 것(소여)이면서 '동시에' 만들어가야 하는 것(의지)이다. 존재이면서 동시에 의지인 "사랑". 그것은 형식논리로는 포착하기 힘든 모순이다. 사랑이 무엇인지 설명할 수 없으면서도 우리는 사랑을 하고 있기 때문이다. 그래서 언어를 통해 "사랑"에 접근하는 길은 근본적으로, 대상에 도달하지 못하는 점근선을 그린다. 이것은 "사랑"이라는 말의 비극적 운명이면서 동시에 시적 이상 혹은 사회적 이상—4월혁명, 불란서혁명과 같은 역사적 "間斷"에 의해 드러나는—의 비극적 운명을 환기시킨다. 이들은 단 한번의 찬란한 폭발로 생명을 다하는 폭죽들이다. 이내 "암흑" 속으로 스며들고 마는 이들은 하나이면서 여럿이고, 여럿이면서 하나인 "사랑"의 면면들이다. 그러므로 "사랑"은 하나의 은유로 날카롭게 포착되는 대신 미끄러지듯 환유된다. "라디오의 재갈거리는 소리", "강", "기차", "가시가지", "음식" 등은 모두 "사랑"이 미끄러져가는 징검다리들이다. 그러므로 "사랑"의 의미론을 '민주주의적 이상'이나 '정치적 자유'로 환원시키는 저간의 해석들은 충분한 것이 못 된다. '정치적 자유'는 "사랑"의 환유가 포함하고 있는 하나의 국면에 불과한 것이기 때문이다. 끊임없는 미끄러짐을 감당해야 할 뿐 결코 중지되지 않는 시지프스의 투쟁이 그것이다.

시지프스의 형벌 안에 생의 비의가 담겨 있듯 "도시의 피로" 속에서 "사랑"은 언제나 함께 숨 쉬고 있다. "복사씨와 살구씨와 곶감씨의 아름다운 단단함"³⁾ 안에는 사랑의 대폭발이 이미 장전되어 있는 것이다. 그러므로 "사랑"은 예견되는 것이 아니라 "발견"되고 만들어지는 것이다. "폭풍의 간악한 신념"("광신")에 들리지 않는 것과 동시에 "암흑" 속에서 "이어져가는" "사랑"을 아는 것, 이 앎은 문맥상 "그릇된 명상"의 반대편에 있는 "단단한 고요함", 즉 진정한 명상에 의해 가능해진다. "단단한 고요

---

3) 복사씨와 살구씨가 반복적으로 등장하는 까닭에 대한 억측들이 적지 않다. 도화행화(桃花杏花)는 동아시아의 한문 전통에서 오랫동안 이상향을 상징하는 상징이었다. 동요 〈고향의 봄〉에도 "복숭아꽃 살구꽃"이 등장한다. 그런데 김수영에게 그것은 꽃이 아니라 씨다. 잠재된 꽃으로서의 의미가 들어 있는 것이다. 그렇다면 곶감씨 또한 마찬가지 맥락에서 이해될 수 있다. 그것은 숙성의 의미를 포함한 도화행화의 환유일 테니까.

함"은 우리들에게 혹은 시인에게 "사랑이 이어져가는 밤을" 알 수 있도록 "고양이의 반짝거리는 푸른 눈망울"을 달아준다. "그리고 우리는 이 사랑을 만드는 기술을 안다". 그 기술은 "눈을 떴다 감는 기술", 결절과 마디와 "절도"를 만드는 기술이다. "절도"를 내면서 줄기를 벗어나는 "덩쿨장미의 기나긴 가시가지"의 기술. '온몸으로 동시에 밀고 나아가는' 시쓰기의 기술.

앞에서 우리는 이 시가 리듬과 주제 차원의 겹으로 읽힌다고 말했다. 텍스트가 구가하는 속도는 정치적 격문에 비유될 수 있을 정도로 격렬하지만 그것을 가능하게 하는 내부는 "단단한 고요함"으로 이루어져 있다. 〈사랑의 변주곡〉이 단순한 정치시로 떨어지지 않는 이유가 바로 여기에 있다. "사랑"을 "광신"으로 떨어뜨리지 않는 사유의 힘, "단단한 고요함"이 중핵을 이루고 있기 때문이다. "사랑"의 원심력은 "단단한 고요함"의 구심력과 긴장을 이루면서 그들 나름의 질서를 확보하는 것이다. 그래서 이 시의 연행 구분은 통상적 차원을 벗어날 수밖에 없었다. 벗어나려는 원심력과 붙들려는 구심력의 긴장, 김수영에게는 그 긴장 자체가 "사랑"이자 이 시의 리듬이 지닌 본질이기 때문이다. "난로 위에 끓어오르는 주전자의 물이 아슬/ 아슬하게 넘지 않는 것처럼" 이 긴장이 이루는 궤도의 맨 가장자리에서 "사랑의 절도는/ 열렬하다". 그렇다면 "도시의 끝(절도-필자)에 사그러져가는 라디오의 재갈거리는 소리가/ 사랑처럼 들리"지 않겠는가.

8.

시적 의미의 전체성으로서의 음악적 성격을 일컫는 리듬은 이렇게 시적 주체와 세계 사이의 교감 속에 형성되는 무엇이어서 근원적으로 사회적—개인으로서의 저자의 범주를 넘어선다는 의미에서—이다. 이때 시인의 고유한 호흡은 그것을 매개하는 통로이자 고리가 되는 셈이다. 그런 의미에서 이와 관련된 지젝의 흥미로운 발언을 상기하며 노트를 마무리해보는 것도 나쁘지는 않겠다.

아도르노의 유명한 말에는 수정을 가해야 할 것 같다. 아우슈비츠 이후에 불가능해진 것은 시가 아니라 산문이다. 시를 통해서는 수용소의 견딜 수 없는 분위기를 성공적으로 환기할 수 있으나, 사실주의적 산문은 그렇게 하지 못한다. 말하자면, 아도르노가 아우슈비츠 이후 시가 불가능하다고(혹은 정확히 말해 야만적이라고) 선언할 때, 이 불가능성은 가능한 불가능성이다. 시는 그 정의상 언제나, 직접 말할 수 없는 것, 오직 넌지시 암시될 수만 있는 어떤 것에 '대한' 것이기 때문이다. 한 걸음 더 나가면 이는 말이 닿지 못하는 곳에 음악은 가 닿을 수 있다는 오래된 경구와도 통한다. 쇤베르크의 음악이 일종의 역사적 예감처럼 아우슈비츠의 불안과 악몽을 그 일이 있기도 전에 분명히 표현해냈다는 이야기가 있는데, 일리가 있는 말이다.[4]

그가 음악이라고 부른 것을 지금까지 다뤄온 리듬이라는 말

---

4) 슬라보예 지젝, 《폭력이란 무엇인가》, 이현우·김희진·정일권 옮김, 난장이, 2011, 27-28면.

로 대체한들 논지가 크게 손상되지는 않을 것이다. 시와 사회, 시와 정치 사이에는 끝내 건널 수 없는 간격이 있는지도 모른다. 그러나 시와 사회, 시와 정치는 간격을 둔 채로 같은 방향을 향할 수 있고 또 그렇게 동행해왔다.

시의 권리장전

류신

악사

신들의 전성시대, 시인의 인권은 제대로 보장받지 못했던 것 같다. 시인의 신화적 시조(始祖)인 오르페우스의 못난 운명과 사나운 팔자를 보라. 태양신이자 음악에도 내공이 깊었던 아폴로와 예술의 여신인 아홉 뮤즈 가운데 시를 주관했던 칼리오페 사이에서 태어난 오르페우스는 제 부모의 예술적 끼와 피를 고스란히 물려받은지라 어려서부터 수금을 잘 타고 노랫말을 잘 지었다. 그가 하프연주에 맞춰 노래를 부르면 금수는 물론이고 산천초목까지 감응했고, 아르고 원정에서는 노래로 파도까지 잠재웠으며, 당대 최고의 소프라노 사이렌과 겨뤄 이김으로써 득음의 경지에 올랐다는 전설도 있다. 하지만 사랑이란 요물이 잘나가던 가수시인의 발목을 붙잡고 말았다. 그의 청혼을 받아들인 예비신부 에우뤼디케가 결혼화환을 만들려고 들러리를 앞세워 꽃을 따러 숲으로 갔다가 그만 독사에게 물려 즉사하면서 악사로서 누리던 그의 화려한 인생이 꼬이기 시작한 것이다. 여자의 경망(輕妄)! 아내를 잃은 슬픔을 달래다 못한 오르페우스는 명부(冥府)로 내려가 저승왕 하데스 앞에서 꽃다운 나이에

요절한 아내를 살려달라고 애원하며 혼신의 힘을 다해 콘서트를 열었다. 그 결과, 핏기 없는 저승왕의 심금을 울려 그의 호의와 자비를 이끌어내는 데 성공한다. 진정한 사랑의 노래란 시대와 지역을 초월해 통하는 법이다. 오르페우스가 아내와 함께 어둠과 적막이 싸인 오르막길을 한없이 올라 이윽고 땅 거죽과 가까운 곳에 이르렀을 때, 그는 걱정과 궁금증을 참지 못하고 뒤를 돌아 아내를 보고 말았다. 남자의 경망! 저승 땅을 벗어나기 전까지는 에우뤼디케를 돌아다보아서는 안 된다는 하데스의 명령을 어기는 순간, 아내는 다시 명계로 추락하고 말았다. 오르페우스는 아내의 손을 붙잡고자 했지만 그의 손끝에 닿는 것은 싸늘한 바람뿐이었다. 아내의 두 번째 죽음은 오르페우스를 정신이 반쯤 나간 사람으로 만들었다. 이후 그는 여자보다는 미소년에게 사랑을 쏟다가 그의 동성애에 분노한 여자들, 정확히 말하자면 저희들의 접근을 허락하지 않자 앙심을 품은 주신(酒神) 디오니소스의 무녀들에 의해 찢겨서 죽게 된다. 시인의 인권이 여인들의 시기와 욕정에 의해 무참히 유린되는 인류최초의 순간인 것이다.

에우뤼디케는 시인이 끈질기게 애착하고 집요하게 천착하는 대상의 상징이다. 하지만 시인은 그것을 두 번이나 잃는다. 한번은 어처구니없이, 한번은 거의 손아귀에 넣으려는 순간 아깝게 놓치고 만다. 이렇게 보면 시인은 자신이 추구하는 것에 모든 걸 걸었다가 모든 걸 잃은 존재이다. 자신이 얻고자 하는 바를 결코 소유할 수 없는 숙명이 시인의 천형이다. 그러나 이런

모진 운명의 시련 덕분에 시인은 이승과 저승, 삶과 죽음, 실제
와 가상이란 양쪽세계에 발을 디딜 수 있는 권리를 얻게 된다.
오르페우스는 비록 비참히 죽었지만 그의 오연한 정신은 우주
만물 속에 깃들어 영생한다. 그는 가뭇없이 사라졌지만 후대의
시인들을 위해 흰 뿔로 만든 칠현금을 하늘에 쏘아 올린 것이
다. 그의 인권은 짓밟혔지만 그의 희생을 통해 시의 권리장전이
천명되었다. 그는 이렇게 왔다가 간 것이다. 장미의 시인 릴케
는 오르페우스를 기리며 다음과 같은 추도사를 낭독한다.

기념비를 세우지 마라. 다만
그를 위해 해마다 장미꽃이 피게 하라.
오르페우스가 장미이니. 그의 변용은
모든 사물마다 깃들여 있다. 다른 이름들에

신경 쓰지 말 것이다. 노랫소리가 들리면
그건 언제나 오르페우스다. 그는 왔다가 간다.
그러니 때때로 그가 장미꽃잎보다 며칠씩
더 견딘다면 그것은 이미 지나친 것이 아닌가?

　　　—릴케, 〈오르페우스에게 바치는 소네트 제1부 V〉 중에서

시민권 박탈자

그리스도 탄생 전, 플라톤이 기획한 이상국가에서 시인은 설 자
리가 없었다. 신화의 시대, 시인의 인권침해가 여인들의 간악

질투에서 비롯되었다면, 아테네 민주주의 시절, 시인의 기본권 박해는 진리의 현관을 자처하는 한 철인의 제법 그럴듯한 논리에 근거해 이루어졌다. 플라톤은 세 계급(철학자인 통치자계급, 군인인 방위계급, 시민인 생산자계급)이 자신의 본분과 미덕을 지키는 사뭇 엄격한 국가모델을 구상했다. 그는 통치자는 이성에서 나오는 지혜로 나라를 다스리고, 군인은 기개에서 나온 용기로 나라를 지키며, 시민들은 정욕에 빠지지 않고 절제할 때 이상적인 국가가 완성된다고 보았다. 여기서 시인은 이러한 미덕을 증진시키는 데 방해가 되는 불순분자로 치부되었다. 그에 따르면 시인은 이데아의 불완전한 모조품인 현실세계를 모방하는 존재에 지나지 않는다. 진리의 세계인 이데아보다는 희로애락에 물든 짝퉁의 세계를 형상화함으로써 혼탁한 격정을 생산, 유포하는 시인은 그의 이상국가 내에서 공공의 적인 것이다. 공화국의 안정을 위해서 시인은 마땅히 추방되어야만 한다는 것이 그의 결론이다.

인간이 선량하게 되느냐 사악하게 되느냐 하는 것은 사람들이 흔히 생각하는 것보다 훨씬 중요한 일이네. 그러므로 우리들은 명예며 돈이며 권력이며 특히 시에 자극받아 정의나 그 밖에 덕을 소홀히 하는 일을 절대로 허용해서는 안 된다네.

— 플라톤, 《국가》 중에서

시인에 대한 플라톤의 반감은 시에 내재된 정치적 계몽의 힘에 대한 냉철한 인식의 소산이다. 그는 정의와 덕을 함양하는 착한 시를 쓰는 (관제)시인은 국가의 구성원으로 인정했다. 하지만 사회구성원의 단합을 촉구하는 일종의 정치적 이벤트였던 디오니소스축제에서 민중의 파토스를 자극하는 위험한 디티람브(dithyramb)를 배포하는 시인은 내쫓으려 했다. 이들의 무정부적인 시가 갖는 선동적인 기능과 계몽적인 효과를 엄격한 계급사회를 꿈꾸는 플라톤이 용인할리 만무했기 때문이다. 이렇게 보면 플라톤의 시인추방론은 시인의 잠재력과 시의 정치적 힘을 꿰뚫은 최초의 체계적인 이론이다. 시인추방론은 시인의 위상을 끌어내리면서 동시에 시인의 지존을 은밀히 자인한 테제이자, 시인이 되고 싶었으나 정치가의 길을 선택할 수밖에 없었던 문학청년 플라톤의 시를 향한 지독한 애증이 투영된 이론이다.

불사조

AD 8년, 그러니까 아우구스투스 황제에 의한 팍스 로마나(Pax Romana)가 꽃피던 시절, 로마의 문단과 사교계의 총아로 승승장구하던 시인 오비디우스는 황제의 딸 율리아와 정분난 괘씸죄로 흑해 연안의 변방으로 추방당하는 봉변을 겪는다. 하지만 그는 유배지에서 와신상담, 그리스·로마 신화의 최고 전범인 장편 대서사시 『변신이야기』를 집필한다. 예나 지금이나 위기와 사랑이 위대한 시인을 만드는 법. 이 걸작을 완성한 후 시인은 짤막한 후기를 책의 말미에 화룡점정으로 덧붙였는데, 이는 불우한 유배지현실에서 곤두박질친 시인의 위상을 신의 높이로 끌어올린 인류 최초의 '시의 권리장전'이었다. 시인의 명예가 이보다 더 높고, 시인의 풍모가 이보다 더 당당하며, 시의 영광이 이보다 더 찬란한 적은 없었다. 사후 오르페우스의 별자리로 날아올라 계관시인(poet laureate)으로 오롯이 빛나는 오비디우스를 기리며 그가 남긴 시의 권리장전을 암송해보자.

이제 내 일은 끝났다.
유피테르 대신의 분노도, 불길도, 칼도,
탐욕스러운 세월도 소멸시킬 수 없는 나의 일은 이제 끝났다.
내 육체밖에는 앗아가지 못할 운명의 날은 언제든 나를 찾아와,
언제 끝날지 모르는 내 이승의 사람을 앗아갈 것이다.
그러나 육체보다 귀한 내 영혼은 죽지 않고 별 위로 날아오를 것이며
내 이름은 영원히 사라지지 않을 것이다.
로마가 정복하는 땅이면 그 땅이 어느 땅이건,
백성들은 내 시를 읽을 것이다.
시인의 예감이 그르지 않다면 단언하거니와,
명성을 통하여 불사(不死)를 얻은 나는 영원히 살 것이다.

―오비디우스,《변신이야기》중에서

시인은 영원히 죽지 않는 신이 아니다. 시인은 반복하여 죽고, 죽음으로써 다른 인물로 거듭나 다른 삶을 사는 재생(再生)의 피닉스, 신화학자 조셉 켐벨의 비유를 빌리자면 '천의 얼굴

을 가진 영웅'인 것이다. 자 이제부터 본격적으로 시인들이 펼치는 전신(轉身)의 서사를 좇아가보자. 무엇보다도 이들의 메타모르포시스가 바로 시의 권리장전 변천사에 다름 아니기 때문이다.

길잡이

하느님의 성스러운 은총을 희원하는 불쌍한 인류를 구원하기 위해 교황 보니파키우스 8세가 최초로 희년(禧年, Jubilaeam)으로 제정하여 대사면을 선포한 1300년, 대다수의 민중들이 죄를 참회하기 위해 앞다퉈 로마로 몰려들었다면, 35살의 한 젊은 시인은 어두운 숲에서 길을 잃고 홀로 서 있었다. 이탈리아 국민문학의 터를 닦고 중세문학을 완성하였으며 르네상스운동의 물꼬를 튼 시성(詩聖) 단테 알리기에리. 올바른 길을 잃고 숲속에서 갈팡질팡 헤매던 단테는 햇살이 비치는 언덕(신의 세계)으로 올라가려 했지만 날쌘 표범(음란)과 머리를 쳐든 사자(오만)와 비쩍 마른 암늑대(탐욕)가 길을 가로막았다. 이 절체절명의 위기의 순간, 홀연 어떤 현인이 등장했다. 그는 전에는 사람이었으나 지금은 살아 있는 사람이 아닌 혼령, 즉, 단테가 평소 우러르던 로마시대 위대한 시인 베르길리우스(Publius Vergilius Maro)이다. 단테는 스승을 향해 이렇게 경의를 표한다.

"그렇군요. 당신은 장대한 강물처럼 언어를 토해내던 시인,

베르길리우스 선생님이시군요.
모든 시인의 영광이자 빛이시여.
당신의 《아이네이스》를 오랫동안 닳도록 읽었습니다.
더불어 받은 은혜가 너무도 크니, 당신은 나의 스승입니다.
내 이름을 세상에 알린 아름다운 문체는 당신에게서 나온 것이지요.
고결한 성현이시여, 나를 도와주세요!
저기 나를 가로막고 선 저 맹수를 보세요.
저놈이 내 피를 두려움에 젖어 떨게 합니다."

그러자 베르길리우스는 단테에게 이렇게 답한다.

"이 숲을 벗어나고 싶다면 다른 길을 가야 한다.
(……)
내 너를 생각해 길잡이 노릇을 하겠다.
여기서부터 너를 영원한 곳으로 이끌겠다.
너는 좌절의 울부짖음을 들을 것이고,
그들의 비명소리에서 영혼의 죽음이 무엇인지 알게 될 게야.
또 언젠가 축복받은 사람들과 함께하리라는 희망을 안고,
불고문을 견디는 영혼들을 보게 될 것이야.
네가 축복받은 영혼들과 함께하고 싶다면,
나보다 더 위대하고 훌륭한 영혼이 인도하실 거야.
그때가 되면 난 너를 그분께 맡기고 떠나겠어."

이 제안에 감격하여 단테는 이렇게 말한다.

"시인이여! 당신이 모르셨던 하느님의 이름으로 간청하니,
이 모든 구속과 벌을 면하게 하시고,
당신이 방금 말씀하셨던 그곳으로 날 인도해주세요.
그리하여 성 베드로의 문〔연옥의 문〕을 볼 수 있게 하시고,
거기서 슬피 울부짖는 영혼들을 만나게 해주십시오!"
그러자 시인은 앞장섰고 나는 그 뒤를 따랐다.

—단테, 《신곡》 제1곡 중에서

　　이렇게 단테는 베르길리우스의 안내로 일주일 동안 신의 나라, 즉 지옥과 연옥을 여행하는 행운을 누리게 된다. (천국은 단테의 연인 베아트리체의 인도로 여행한다. 베아트리체는 연옥의 산 정상에서 단테를 맞이하고 그의 천국여행을 안내하는데, 그녀는 바로 하느님의 사랑과 구원을 상징한다. 베르길리우스가 "나보다 더 위대하고 훌륭한 영혼이 인도하실 거야./ 그때가 되면 난 너를 그분께 맡기고 떠나겠어"라고 말한 소이연은 여기에 있다.) 저승세계를 순례할 수 있는 특권이 시인에게 부여된 것이다. 시권(詩權)이 곧 신권(神權)인 시대를 살다간 단테. 아무리 뛰어난 지성을 소유한 사람(베르길리우스)도 하느님의 은총과 사랑(베아트리체) 없이는 구원 받을 수 없다는 《신곡》의 요지에서 중세시학의 완성자인 단테의 모습을 규지(窺知)할 수 있다. 하지만 초월적이고 무한한 신의 세계를 필멸의 유한한 육체를 지닌 인간이 자유롭게 여행한다는 점에서, 수많은 영혼들과 만나 삶의 희로애락에 대해 이야기를 나누며 진행된 단테

의 여행이 참다운 인간성을 찾기 위한 일종의 '자아찾기'의 순
례였다는 차원에서, 단테의 기하학적 구성력과 문학적 상상력
으로 신의 나라를 완벽하게 재현했다는 측면에서 《신곡》은 르
네상스적 인간, 요컨대 근대적 주체의 도래를 예고한 고전 서사
시이기도 하다. 엥겔스가 단테를 "최후의 중세인, 최초의 근대
시인"이라 일컬은 이유는 여기에 있다.

끽연가

구교와 신교가 유럽의 중앙에 위치한 독일을 무대로 무려 30년
동안 종교전쟁을 치렀던 17세기 전반 바로크시대, 난리통에 부
모를 여의고 처자식까지 잃은 불우한 운명의 시인 안드레아스
그뤼피우스가 폐허가 된 독일을 향해 다음과 같은 추도사를 쓴
다. "그 옛날의 정직함과 미덕은 죽어버렸고,/ 교회는 초토화되
었고, 강한 자들의 목은 베어졌으며,/ 처녀들은 능욕당했으니,
어디든 우리가 바라보는 곳에는,/ 화염과 흑사병이 창궐하고,
여기 보루와 성벽 사이엔 살육과 죽음뿐."(〈폐허화된 독일에 대
한 애도〉) '30년전쟁'이 초래한 살상과 기아와 페스트의 참상
을 온몸으로 겪은 시인에게 죽음은 근원적인 체험이다. 길거리
에 널브러진 부패한 시체들과 해골. 진중권의 표현을 빌리자면
'춤추는 죽음'의 편재(遍在). 일상화된 죽음이 일깨우는 공포와
두려움. 모든 아름다움의 덧없음과 모든 가치의 부패함. 죽음
의 불가피성과 영생의 불가능성에 대한 자각이 낳은 절대우울.

17세기 절대군주의 화려하고 장식적인 궁정문화의 이면에 감춰진 이와 같은 '바로크적 진실' 속에서 시인은 삶의 허무와 덧없음을 누구보다 빨리 감지했으리라. '짐이 곧 국가'라며 태양왕 루이 14세가 바로크식 궁전의 전형인 베르사이유를 위풍당당하게 축성할 때, 전쟁의 마귀가 휩쓸고 지나간 황폐한 독일의 땅에서 그뤼피우스는 이렇게 노래한다.

지금 화려하게 꽃피는 것, 이내 짓밟혀버릴 것이며,
지금 저토록 뻐기며 우쭐거리는 것, 내일이면 재와 유골이 되리니.
영원한 것 아무것도 없으며, 광석도 대리석도 그렇다네.
지금 행복이 우리를 반길지라도 곧장 병고가 우르릉거리리라.

— 안드레아스 그뤼피우스, 〈만사가 허무로다〉 중에서

지상의 장려함이란
연기와 재가 되지 않을 수 없는 것.
어떠한 바위도, 광석도 존속할 수 없다네.
우리를 흥겹게 할 수 있고,
우리가 영원하다고 평가하는 것들은
가벼운 꿈으로 사라져버리리.

— 안드레아스 그뤼피우스, 〈허무여! 허무 중의 허무여!〉 중에서

인용한 두 작품은 바로크 시대정신을 온축한 두 개의 모토를 떠올리게 한다. 메멘토 모리(Memento mori)! 죽음을 잊지 마시라. 우리는 불멸의 존재도 아니고 세상은 영원하지도 않음

을 상기하라. 바니타스 바니타툼 에트 옴니아 바니타스(Vanitas vanitatum et omina vanitas)! 헛되고 헛되어 모든 것이 헛되도다. 지상의 모든 것은 연기와 재가 되리니. 여기 파이프를 물고 곧 연기와 재로 사라져버릴 속세의 삶을 차분히 명상하는 또 다른 시인이 있다.

> 내 벽난로에 기대서서 다리를 겹쳐 놓고
> 왼손의 담뱃대를 입에다 대고
> 꽉 찬 파이프 머리에 불을 붙이니
> 담배 연기와 향기에 내 거의 눈물이 나올 지경이라네.
>
> (……)
>
> 마치 애올러스(바람의 신)가 구름을 멀리 몰아가듯
> 나는 침침한 무리와 함께 증기를 장악하여
> 내 입에서 파도치는 폭풍을 뱉어내노라.
>
> 그러나 어떻게 이 혼란이 나의 사유를 흐리게 할 수 있겠는가?
> 이러한 하찮은 일이 나의 감각을 속박하겠는가?
> 아니지. 나는 연기 속에서 허무의 영상을 보노라!
>
> ─게오르그 필립 하르스되르퍼, 〈담배를 피우며 허무를 관찰함〉 중에서

인생무상을 구현하는 매캐한 스모크. 자욱이 분무되는 바니타스의 아우라. 뭉글뭉글 피어오르는 바로크적 멜랑콜리. 인간

존재의 근원적인 비극성을 응시하는 이 깊은 우울. 썩어가는 시체와 해골이 엠블럼으로 즐겨 사용되던 바로크시대 시인의 권리는 이 애연가의 흡연권에서 보장되었으리라.

예언자

계몽주의의 기치 아래 근대화로의 몸부림이 처절했던 18세기 유럽의 한복판에서, 추락할 대로 추락한 시인의 위상을 반신(半神)의 격으로 치켜세운 천재시인이 있다. 괴테나 실러와 동시대인이면서도 당대에는 그들처럼 인정받지 못했고 후반생을 정신착란 속에서 보낸 불우한 시인 횔덜린. 그는 신성이 사라지고 속물근성이 지배하는 당시의 '산문화된 현실'을 신과 인간과 자연의 조화로운 합일이 깨진 '궁핍한 시대'로 진단하며 그리스 시대의 도래를 예언하는 사제적 사명을 완수하기 위해 온 정열을 바쳤다. 그는 "아버지 빛을 스스로 손으로 잡아서,/ 노래 속에 싸넣어 그 천상의 선물을/ 민중에게 전해주는 사명"을 완수하는 것이 시인의 임무라고 생각한다. 한마디로 '선각자 시인(poeta vates)'으로 봉사할 때 비로소 시인의 자격을 얻게 된다는 것이다. 횔덜린은 〈빵과 포도주〉에서 이렇게 묻는다.

나는 모르겠노라. 궁핍한 시대에 시인은 무엇을 위해 존재하는가?

그리고 그는 이런 물음을 받은 친구이자 시인인 빌헬름 하인

제의 입을 빌어 이렇게 답한다.

허나 친구여. 그대는 말하노라. 그네들 시인은 성스러운 밤에
이 나라 저 나라로 진군하던 주신(酒神)의 성스런 사제와 같노라고.

횔덜린은 포도주 신의 강림을 열망한다. 디오니소스의 사제
들이 포도주의 기쁨과 열광으로 여러 나라들의 백성들을 각성
시켰듯이, 이제 시인은 시와 노래를 통해 잠자는 민중의 의식을
깨우고 그들에게 신의 선물을 전해주어야 하기 때문이다. 여기
서 신의 선물이란 그저 막연한 신의 은총을 뜻하지 않는다. 그
것은 구체적인 어떤 것이다. 즉 후진성을 면치 못하는 독일의
정치적 현실을 타개할 수 있는 자유, 평등, 박애라는 프랑스혁
명의 정신을 가리킨다. 이처럼 횔덜린은 그리스라는 아득한 시
간을 '오래된 미래'로 동경하면서도 역사적 현실감각을 잃지 않
고, 종교적 신성을 견지하면서도 머지않아 도래할 19세기 시민
사회를 시적으로 예언한다. 포에타 바테스! 이러한 횔덜린의
진가를 누구보다도 빨리 알아챈 하이데거는 그에게 '시인 중의
시인'이란 최고의 명예훈장을 달아주었다. (시인과 철인은 앙
숙이자 동지인가? 시인을 자신이 기획한 공화국으로부터 추방
한 것도 철학자고, 자신이 세운 진리의 왕국으로 귀환시킨 것도
철학자이다.)

나그네

프랑스혁명을 시발점으로 확산된 진보적 혁명들이 거듭 실패하고 유럽 전체가 구체제로 빠르게 복귀하던 보수반동시대, 자유주의적 혁명을 꿈꾸던 독일의 지식인들은 현실에 절망하며 깊은 무력감에 빠져들었다. 실러는 자신의 작품에서 불태우던 혁명의 정열 대신 '미학적 교육'이라는 탈출구로 도피했고, 횔덜린은 탑 속에 유폐된 채 광인이 되어 쓸쓸히 생을 마감했으며, 뜨거운 의혈의 피로 들끓던 장 파울은 붓을 꺾었고, 슈피츠베크는 다락방의 가난한 시인을 자처하며 골방에 틀어박혔다. 그리고 한 시인은 정처 없이 방랑의 길을 떠나기 시작했다. 자신의 작품이 슈베르트의 감동적 멜로디에 실려 유명세를 탄 독일의 '대중적 낭만주의' 시인 빌헬름 뮐러. 그의 분신인 《겨울 나그네》의 주인공은 사랑을 잃고 슬픔에 빠져 황량한 겨울 벌판을 헤맨다. 그의 유일한 길동무는 절대고독과 허무주의적 비애이다. 도중에 손풍금을 연주하는 악공을 만나기는 한다. 하지만 그는 부활한 오르페우스가 아니다. 길바닥에서 걸식하는, 아무도 거들떠보지 않는 늙은 거리의 악사일 뿐이다. 그에게 길의 끝은 고향도 이상향도 아니다. 그에게는 생의 근원도 목표도 없다. 시인의 위상이 예언자에서 방랑자로 내려앉는 순간이다. 이제 시의 권리가 보장되는 곳은 천상의 환희가 아니라 길 위의 고독이다.

전나무 우듬지에
살랑 바람이 스치면,
맑은 하늘에
검은 구름이 흐르듯,

나도 무거운 걸음걸이로
터벅터벅 나의 길을 따라가네.

— 빌헬름 뮐러, 〈고독〉 중에서

마술사

격동의 세기 전환기, 언어의 타락을 막고 시인의 왕국을 세운 독
일의 상징주의 시인이 있다. 릴케, 슈테판 게오르게와 함께 독일
현대시를 세계의 정상에 올려놓은 삼성 가운데 한 별인 후고 폰
호프만슈탈. 그는 횔덜린처럼 반신의 경지에는 이르지 못했지
만 꿈과 현실 사이에 놓인 아슬아슬한 외줄을 능수능란하게 타
는 '마술사 시인(poeta magus)'이다. 그는 애초부터 시인에게 부
여된 역사철학적 책임의식을 부정한다. 예언자적 사명감도 찾
을 수 없다. 그에게 시인이란 언어를 통해 꿈의 세계를 가시화하
고 생의 비의(秘義)를 연출하는 솜씨 좋은 마법사에 다름 아니
다. 이렇게 보면 이성에 의한 어떠한 감독도 받지 않으면서 꿈,
무의식, 불가사의의 세계에 천착하는 그는 초현실주의의 선구
자이다. 그의 대표작 〈위대한 마술의 꿈〉은 새로운 시인의 권리
가 탄생하는 역사적인 순간을 잘 묘사하고 있다. 자, 시인이 둔

갑술(투명인간-천하장사-연금술사-스카이다이버-곡예사-
멀리뛰기선수)을 펼치며 단계별로 진행하는 이 묘기를 보라.

별안간 나와 벽 사이에는
제일가는 위대한 마술사의 몸짓이 나타났다.
그의 의기양양한 머리며 황제다운 머리카락

그러더니 그의 등 뒤 담장은 어느새 사라져버리고
그의 손 뒤쪽으론 드넓은 골짜기와
어둠에 잠긴 바다, 푸른 초원이 장관을 이루고 있었다.

마술사는 몸을 굽혀 깊은 골짜기 구석구석을 끌어올렸다.
몸을 숙이더니 손가락으로
마치 물속을 휘젓듯 땅속을 주무르고 있는 것이었다.

헌데 야트막한 샘물에서는
엄청나게 큰 단백석(蛋白石)이 손에 잡히더니
소리를 내며 다시 가락지로 변해 떨어지고 말았다.

다음에 마술사는 으스대려는 마음에서인지
허리를 가볍게 흔들면서 가장 가까운 낭떠러지에 몸을 던졌다.
그 몸놀림을 보고 있노라니 중력의 힘조차 사라진 것을 알겠다.
(……)

마술사는 제 자신의 사지를 속속들이 알고 있는 셈인가
꿈을 꾸듯 모든 인간의 운명을 감지하고 있었으매
그의 눈에는 가깝거나 먼 것, 크거나 작은 것의 구별이 없었다.

그리하여 저 아래 깊숙한 곳에서 대지가 싸늘하게 식어가고

깊은 골짜기 밑바닥에서 칠흑 어둠이 몰려 올라오고
나무 우듬지에 잠긴 미지근한 어둠을 밤이 마구 헤집어놓자

마술사는 온갖 사람의 위대한 발걸음을 즐겼느니
크나큰 도취에 너무나도 빠져들었기에
사자마냥 절벽을 마구 뛰어넘었던 것이다.

광대

19세기의 끝자락에서, 전대의 시인들이 악조건 속에서 힘겹게
쌓아올린 시인상(像)이 우롱의 철퇴를 맞아 붕괴되는 사건이
벌어졌다. 기존의 낡은 질서와 고루한 규범의 견고한 우상을 두
들겨 부순 니체의 망치가 그 주범이다. 니체는 자신의 분신인
차라투스트라의 입을 통해 "아, 나는 정말로 시인들에게 신물
이 났다. (……) 옛 시인이든 오늘의 시인이든 나는 시인들이라
면 지쳤다. 그들 모두 내게는 껍질이며, 얕은 바다에 지나지 않
는다"고 토로한다. 이탈리아의 토로노 광장에서 쓰러진 뒤 정
신착란에 빠지기 전 해인 1889년 니체는 총 아홉 편으로 이루
어진 〈디오니소스 송가〉를 완성한다. 그 가운데 첫 번째 작품은
니체의 시인관에 대한 요약으로 읽힌다.

진리의 청혼자인가, 그대는? 그렇게 그들은 놀렸다!
아니다! 그저 시인일 뿐이다!
간교하고 약탈을 일삼는 잠행성 짐승이다.
속이지 않으면 안 되는

알면서 고의로 거짓말하지 않으면 안 되는 짐승이다.
먹이를 노리고,
온갖 색깔로 위장해,
스스로 가면이 되기도 하고,
스스로 먹이가 되기도 하는
짐승, 그대가 진리의 청혼자인가?……
광대에 불과하다! 시인일 뿐이다!
단지 화려한 말만을 하고,
광대의 가면 그늘에서 마구 지껄이면서,
거짓말의 다리를 타고 오르면서,
거짓말의 무지개 위,
그릇된 하늘들 사이를
거닐면서, 걸어다니면서
광대에 불과하다! 시인에 불과하다!

　니체는 시인을 더 이상 신성을 호위하는 신의 문지기로, 미래
의 예포를 쏘는 선각자로, 돌덩이를 반지로 바꾸는 마법사로 간
주하지 않는다. 그에게 시인은 익살꾼이자 어릿광대이며 바보
이자 짐승에 불과하다. 보들레르의 비유를 빌리자면, 시인은 몽
매한 대중 위에 군림하는 창공의 왕자가 아니라 천박한 뱃놈들
에게 모욕당하는 추락한 알바트로스이다. 저주받은 시인(poètes
maudits)이여!
　여기서 시인을 비하하는 니체의 노림수를 제대로 파악하기
위해선 광대와 짐승의 이중적 함의를 이해해야 한다. 둘은 전통

적인 시인상에 대한 조롱과 야유의 상징이면서 동시에 니체가 기획한 미래의 시인상에 대한 알레고리이다. 니체에 따르자면, 희화와 풍자의 광장에서 어릿광대가 가면을 쓰고 누릴 수 있는 일탈의 자유와 서구의 기독교문화와 문명으로부터 멀리 떨어진 원시림 속에서 먹이를 포획하기 위해 날뛰며 "인간의 가슴 속에 들어 있는 양"을 찢어발기는 맹수의 야성은 미래시인이 갖춰야 할 주요덕목이다. 기성질서를 때려 부수는 호쾌한 절망의 포스 속에 새로운 시인상을 우뚝 세우려는 니체 특유의 역설적 긍정의 파토스가 쩌릿하다. 기존의 모든 가치와 이데올로기의 성곽을 파괴한 뒤, 그 폐허 위에서 시작되는 창조의 광기, 이 것이 바로 니체가 추구하는 진정한 시인(예술가)의 모습이 아닐까. 이런 맥락에서 보면 "파멸하는 자들을 사랑한다"는 니체의 말은 단순한 수사가 아니다.

니체는 새로운 시인의 사명과 미래의 시의 권리에 대해선 구체적으로 공표하지 않았다. 하지만 추측컨대 이렇게 네 가지로 정리해 천명하지 않았을까. 러시아 미래주의자이자 혁명가였던 블라디미르 마야코프스키가 자신의 동지들과 함께 1912년 작성한 〈대중의 취향에 따귀를 때려라〉라는 미래주의선언문의 핵심부분을 니체의 입으로 따라 읽어보자.

우리는 다음과 같은 시인의 권리를 존중해줄 것을 명령한다.
1. 독단적이고 자유로운 파생어로 시인 자신의 어휘 범위를 확장시킬 권리(새로운 말)

2. 그들 시대 이전까지 존재해온 언어에 대한 참을 수 없는 증오의 권리
3. 당신들이 목욕탕 회초리로 만든 보잘것없는 명예의 화관을 자신의 오만한 이마에서 혐오스럽게 떼어내버릴 권리
4. 비난과 분노의 바다 한가운데서 "우리"라는 말의 바위 덩어리 위에 서 있을 권리

스피드레이서

과학기술 문명의 비약적인 발전에 열광하던 20세기 초, 이탈리아 시인 필리포 마리네티는 프랑스 저명일간지《피가로》에 〈미래주의의 기초와 미래주의선언〉을 발표하며 기계문명의 출현을 열광적으로 환영하고 나섰다. 특히 그는 시간을 거세게 빨아들여 욕망의 속도를 분출하며 질주하는 자동차의 역동성을 숭배한다. 미래파 선언문 4항에 이런 구절이 있다. "우리는 새로운 형태의 아름다움인 눈부신 속도에 의해 세계가 빛나게 될 것을 선언한다. 마치 터질듯이 헐떡이는 뱀과 같은 파이프로 장식된 멋진 경주용 자동차. 폭발하는 화약으로 미친 듯이 질주하는 자동차는 사모트라케의 승리의 여신상보다 더 아름답다." 근대 산업자본주의의 동력인 속도에 대한 예술적 쾌감과 낙후된 사회(당시 이탈리아는 산업화가 본격적으로 진행되지 않았다)를 뒤엎으려는 혁명적 광기가 이종교배하는 순간이다. 저만큼 앞서 내달리는 경쟁자를 추격하기 위한 후발주자의 성급한 열망이 파시즘과 결탁할 수 있다는 위험을 모른 채, 무솔리니와 막

역한 사이였던 마리네티는 전위예술의 이상을 향해, 강력한 이탈리아의 미래를 향해, 파시스트적 가속도로 굉음을 내며 내달렸던 것이다. 예술은 이제 루브르 박물관에 자랑스럽게 서 있는 승리의 여신상 니케의 고귀하고 우아한 날갯짓으로 비상하지 않는다. 예술의 최종승리 여부는 엔진의 마력에 달려 있다. 바야흐로 시의 권리가 악세레터페달 위에서 보장되는 속도의 시대가 열린 것이다.

디제이

1차 세계대전이라는 미증유의 인류사적 파탄을 체험하면서 유럽의 예술가들 사이에서 문명과 예술에 대해 절망적인 환멸이 확산되고 있을 무렵, 다다이즘 운동의 기수인 루마니아 출신의 청년 시인 트리스탕 쟈라는 파리 포볼로즈키 화랑에서, 니체의 포즈로 "나를 잘 보아라! 나는 백치, 나는 어릿광대, 나는 엉터리!"라고 외친 뒤, 전통적인 부르주아적 시학을 희롱하는 전위적인 시를 쓰기 위한 친절한 매뉴얼을 공개한다.

　신문을 들어라.
　가위를 들어라.
　당신의 시에 알맞겠다고 생각되는 분량의 기사를 이 신문에서 골라내라.
　그 기사를 오려라.
　그 기사를 형성하는 모든 낱말을 하나씩 조심스럽게 잘라서 자루 속에 넣어라.

　조용히 흔들어라.

　그 다음엔 자른 조각을 하나씩하나씩 꺼내어라.

　자루에서 나온 순서대로

　정성들여 베껴라.

　그럼 시는 당신과 닮을 것이다.

　그리하여 당신은 무한히 독창적이며, 매혹적인 감수성을 지닌,

　그러면서 무지한 대중에겐 이해되지 않는 작가가 될 것이다.

　―트리스탕 쟈라, 〈다다시를 쓰기 위해〉 중에서

　보수적인 전통미학 일체를 부인하고 파괴함으로써 자신의 예술적 알리바이를 확인하려 했던 쟈라에게 시쓰기란 뮤즈의 영감을 받아 일필휘지로 적어 내려가는 신성한 작업도, 산고의 고통을 견디며 무에서 유를 창조하는 고난의 강행군도 아니다. 그에게 시는 기존의 텍스트를 여러 조각으로 오려내어 뒤섞은 후 재배치하여 만들어진 요령부득의 파피에콜레(papiers collés), 말하자면 '우연히 발견된 대상(objet trouvé)'일 뿐이다. 쟈라에 의해 이제 시의 권리는 펜촉에서 콜라주기법과 리믹스기술로 옮겨 갔다. 원본의 아우라가 휘발된 기술복제시대의 시작법은 이렇게 시작된 것이다. 이렇게 보면, 말과 사물의 관계 자체를 재구성하기 위해 기성 텍스트를 요령 있게 샘플링하여 리믹스하는 21세기 '디제이-시인'은 모두 쟈라의 후예들이다. 다다시가 추구하는 감각적인 낱말의 무분별한, 무질서한 나열이 부조리

한 생을 상징적으로 재현하는 아나키스트의 전위적 실험으로 인정되든, 창조적 광기와 예술적 치기를 혼동한 기인의 광태로 치부되든, 한 가지 자명한 것은 이 시를 이해할 수 있는 독자는 단 한 명도 없다는 사실이다. 이 시는 애초부터 이해되기를 거부하는 시, 무의미 자체가 의미라고 단언하는 시이기 때문이다.

인간과 자연을 아름답게 재현하기보다는 세계를 무질서한 혼돈의 아수라장으로 만드는 쟈라의 시적 전략에서 장정일의 "제멋되로 펜대를 운전하는/ 거지 같은" "쉬인"의 하비투스가 겹쳐 어룽거린다. 시의 기능과 시인의 존재방식을 야유하고 풍자하는 도발의 수위는 장정일이 한수 높아 보인다. 신이 창조한 인간 가운데 가장 끔찍한 작품이 바로 시인이라고 너스레를 떠는 장정일의 자기비하를 보라. 그런데 그는 적어도 가위는 들지 않았다. 시인의 마지막 자존심인 펜대만은 버리지 않은 것이다.

계획에도 없었지만 나는
최후로 만들어지고
공들여 만들어졌읍니다요.
그렇습니다요.
드디어 나는 만들어졌읍니다요.
그러자 쇄계는 곧바로
슈라장이 되었읍니다요.
제멋되로 펜대를 운전하는
거지 같은 자쉭들이
지랄떨기 쉬작했을 때!

그런데 내 내가 누 누구냐구요?
아아 무 묻지 마섭쉬요.
으 은유 와 푸 풍자를 내뱉으며
처 처 천년을 장슈한 나 나 나는
쉬 쉬 쉬 쉬인입니다요.

　　　　　─장정일, 〈쉬인〉 중에서

교사

암울한 나치 집권기, 브레히트는 시인은 교사가 되어야 한다
고 주장했다. 독자에게 감동을 선사하는 시인의 역할도 중요하
지만, 독자에게 무언가를 구체적으로 보여주고 가르쳐줌으로
써 변화와 결단을 촉구하는 교사직 직무대행도 필요하다고 주
창하고 나선 것이다. 그는 구체적인 내용을 쉬운 단어로 표현하
되, 열려진 결말을 통해 독자 스스로 결론을 도출하도록 이끄는
변증법적 교훈시를 쓸 것을 요구한다. 억압받고 착취당하는 가
난한 민중을 계몽시킬 수 있는 시, 독재자 히틀러의 전체주의의
허상을 비판하고 투쟁을 독려하는 시를 쓰는 것이 '서정시를 쓰
기 힘든 시대' 시인의 사명이다. 여기서 교사로서의 시인은 시
의 사용가치와 교육효과를 중시할 수밖에 없다. 브레히트가 자
신의 첫 시집《가정기도서》에 머리말 대신 "이 가정기도서는 독
자의 사용을 목적으로 한다"고 명백한 '사용지침서'를 붙여놓
은 것은 시의 교육적 효율성을 중시하는 대표적인 예이다. 브레

히트가 나치를 피해 망명하던 시절 발간한 《스벤보르시편》의 서두에 적힌 모토 역시 시의 사용가치를 노골적으로 강조하고 있다.

덴마크 초가집 지붕 밑으로 도망왔지만, 친구들이여,
나는 그대들의 투쟁을 쫓아갈 것이라네. 예전에 그랬듯이
여기 그대들에게 시를 보내네. 해협 너머 수풀 너머 보이는
피투성이 얼굴들. 나는 그 얼굴들에 쫓기고 있네.
몇 편이 그대들 손에 들어가거든, 조심해서 사용하시오!

제빵사

1958년 독일 프랑크푸르트 대학 시학 강의시간, 한 여성 '학자 시인(poeta doctus)'이 "민중은 빵처럼 문학을 필요로 한다"는 시몬느 베이유의 문장을 칠판에 꼭꼭 눌러 옮기며 빵과 같은 시를 쓰는 것이 시의 권리증진의 첩경이라고 호소했다. 하이데거에 관한 논문으로 박사학위를 받은 '사색하는 서정시인' 잉게보르크 바흐만의 강의를 잠시 청강해보자.

빵과 같은 시? 이 빵은 이빨 사이에서 어적거리고 씹혀 부서져야 할 것이고, 이 빵은 시장기를 없애기 전에 배고픔을 다시 일깨워주어야 합니다. 이 시가 잠든 인간을 흔들어 깨울 수 있기 위해선, 인식에 의해 예리해져야 하며 동경에 의해 쓰디써져야만 합니다. 우리들은 잠자고 있습니다. 우리 자신과 우리가 사는 세계를 인식해야만 한다는 공포감

에 짓눌려 우리들은 잠만 자고 있는 존재입니다.

　그녀는 현대인의 실존적 허기를 채워주는 동시에 존재의 이유를 각성시켜주는 빵과 같은 시를 짓는 것이 시인의 소임임을 힘주어 강조한다. 달콤하고 맛있는 생크림으로 치장된 케이크와 같은 시, 말하자면 잉여적 미식(美食)에 불과한 시는 사절이다. 필요한 것은 인식과 통찰의 힘으로 야무지게 반죽되고 동경과 희망의 효소로 구워진 빵과 같은 시이다. 늦잠은 시인에게 허락되지 않는다. 시인은 늘 깨어 있어야 한다. 그것이 힘들다면 이른 새벽에 일어나야 한다. 잠들어 있는 대중을 흔들어 깨울 수 있는 각성의 빵, 그들의 실존적 공복을 채워주는 영혼의 양식을 구워야 하기 때문이다. 선각자 시인 횔덜린의 후예다운 발상이다. (구구절절 지당하신 말씀이나 이 엘리트 교양시인이 요구하는 시업(詩業)이 꽤나 부담스럽게 느껴진다. 혹 시인은 뭇 사람들이 깨어 있을 때 백일몽을 꾸는 사람은 아닐까. 꿈속에서 깨어 있고, 환각 속에서 이성의 칼을 벼릴 수 있는 능력이 시인의 특권이 아닐까? 트리스탕 쟈라는 이렇게 선언했다. "예술은 잠든다. 새로운 예술의 탄생을 위해.")

사진사

지구촌 젊은이들이 대동단결하여 전전(戰前)세대의 규범과 가치에 거세게 저항했던 1968년, 낡은 귀족적 서정시에 환멸을 느낀 한 당돌한 신세대 시인이 민주적 일상시를 쓰자고 선언했다. 반문화적 정체성과 대중문화적 감수성으로 완전무장한 채 독일 시민계급의 전통적인 주류문화와 상아탑에 고립된 고급문학을 거침없이 공격하다가 불의의 교통사고로 35살에 객사한 롤프 디터 브링크만. 그의 생은 녹록치 않았지만 그의 시론은 평범하고 착하기 그지없다. "마치 문을 열듯 단순하게 시를 쓰고 싶다." 전통적 시론에 대한 반감과 무이론성에 대한 쾌감으로 똘똘 뭉친 그는 문학의 신비화도, 시의 정치화도 거부한다. 모든 일상사가 시의 주제이고 기의적 의미를 상실한 기표적 언어가 시의 재료이다. 그는 언어의 배후에 뚫린 깊이의 낡은 신화를 인정하지 않는다. 언어는 일상의 이미지를 순간 포착하여 찍어내는 반들반들한 필름일 뿐이다. 요컨대 그에게 시는 단어로 이루어진 영상이다. "시는 자동적으로 잡힌 사건, 움직임, 오직 순간적으로 확연해질 뿐인 감정을 마치 스냅사진을 찍듯 잡아내는 가장 적합한 형식이다." 따라서 그에게 시인의 권리는 카메라셔터를 누를 때 보장된다. 그의 시는 심오한 예술사진이 아니다. 움직이는 피사체를 재빨리 연속적으로 찍는 스냅숏 사진일 뿐이다. 보는 만큼 보인다는 신조 아래 그가 촬영한 '단순한 그림'을 보자.

한 처녀
검정색
스타킹을

신은

그녀가

올 하나 풀리지 않는 스타킹을 신고

다가오는 것은

아름답다

그녀의 그림자

거리 위에

그녀의 그림자

담가에

그녀가 치마

밑까지

올 하나 풀리지 않은

검정색

스타킹을

신고 가는 것은

아름답다

　　—롤프 디터 브링크만, 〈단순한 그림〉 전문

　거리를 활보하는 여인의 움직임을 스타카토 식으로 끊어 점묘하는 시인의 카메라 앵글은 여인의 내면을 재현하는 데 초점이 맞추어져 있지 않다. 관음증적 욕망의 시선이 쫓는 것은 여인의 의장이 노출시키는 현대소비사회의 아름다운 물신(物神)이다. 추측컨대 시인의 렌즈 앞에 다가왔다가 사라지는 여인은 스타킹을 선전하는 광고모델로 보인다. 평평한 스투디움

(studium)의 이면에 한순간 독자의 정신을 찌르는 날카로운 푼크툼(punctum)이 도사리고 있었던 것이다. 바야흐로 사진만 잘 찍어도 시가 인화되는 영상시대가 개막되었다. 시의 대중화를 위해 헌신하다가 요절한 고인에게 삼가 조의를 표한다.

외계인

세 번째 천년대를 목전에 두고 갖가지 위기설이 칼춤을 추듯 횡행하고, 흉흉한 죽음의 풍문이 벌집 쑤시듯 떠들썩하게 요동칠 즈음, 통일독일 시단에 한릴손에는 해부용 메스를, 다른 한 손에는 뇌수술용 천공기를 든 앙팡테리블(enfant terrible)이 혜성처럼 등장했다. 독일에서 가장 권위 있는 뷔히너문학상 최연소 수상자인 두어스 그륀바인. 그의 관심은 온통 인간의 두뇌에 쏠려 있다. 그렇다고 그는 두뇌를 인간의 영혼과 정신이 거주하는 집으로 파악하지 않는다. 그에게 두뇌는 형이상학적 동물인 인간의 중추신경계를 관장하는 생리적 기관일 뿐이다. 두뇌에 집착하는 시인이 자신의 뇌에 구멍을 뚫었던 의사 바르트 후게스라는 실제인물에 관심을 갖는 것은 당연하다. 후게스는 개공술(trepanation)을 통해 뇌압을 줄이고 사악한 영혼에 물든 뇌수액을 흘러 보내면 해탈의 경지에 이를 수 있다고 확신했던 괴짜 의사이다. 그륀바인은 후게스의 분신인 조우라는 인물을 등장시켜 다음과 같은 섬뜩한 자기해부를 감행한다.

척수로부터 증기를 빼내기 위해
　조우는 머리에 구멍을 하나 뚫었다.
　흘러내린 뇌수액으로 병과 잔들을 채웠다.
　그러자 모든 사람들이 납득할 수 없다고 생각했다.
　그러나 조우는 단호했고, 몰래 욕실 문을 안에서 잠그고,
　연장을 집어 뇌를 뚫기 시작했다.
자신의 귀중한 뇌혈을 위한 자리를 비워주기 위해
　그는 그 장치에서 모든 액즙을 압착했다.
　정신과의, 외과의, 전문가들이 웃었다,
위대한 소생에 관해서는 전혀 예측 불가능했고,
　제3의 눈 그리고 이 모든 사태에 관해서도.
　마침내 조우가, 이 무서운 아이가, 외쳤다, "해냈다"
국부마취를 하고, 두개골 머리털을 깎고,
　비상제동기를 당기는 아이들처럼 냉혈하게,
　그는 수술하면서 거울 속 자신을 보았고, 인디언
방식으로 머리가죽을 벗기고 그런 다음 구멍을 뚫는 데
　자력으로 두뇌외과술 안내서를 따라 했다.
　주사, 해부칼, 주걱칼, 천공기 그리고 삭도들이
그를 중력에서 벗어나게, 과중압력, 자제력으로부터 벗어나게,
　조우가 병인 줄로만 알았던
　불확실한 잡사(雜事)들의, 잔인한 잡담들의
　의혹과 이론(異論)으로부터 벗어나게 만들어 오랜 황홀감을 맛보
게 했다.
　마침내 머리를 비운 채, 조우는 언론 앞으로 나섰고
　"이 사람을 보라"고 읊었으며 이내
　　그가 신경과민 환자라는, 아프리카식 제식과

자해(自害)미사의 제물이라는 흉흉한 소문 뒤로 몸을 움츠렸고
그러자 모두 "저 괴짜는 미쳤다"고 말했다.
현세의 40억 명의 인질들 가운데서
　우주에서 유일하게 인심 좋은 수용소의 수감자들 가운데서
　외계인 조우가 최초로 이해하기 이른 점은
　　자아는 조건반사이고
치유는 밸브를 통해서만이 가능하다는 것이었다.

—두어스 그륀바인, 〈개조인간〉 중에서

　그륀바인에 의해 시인은 사이비 의사자격증을 부여받았다.
오늘날 시인의 공방은 비밀스럽게 절개실습이 자행되는 칼리
가리 박사의 밀실이다. 유혈이 낭자한 이 실험실에서 어떤 괴물
이 탄생할지, 어떤 "개조인간(homo sapiens correctus)"이 조립될
지 모른다. 이런 의사(醫師/疑似)시인에게 자아는 더 이상 의식
이 아니다. 시인의 주권을 규정하는 것은 조건에 즉시 반응하는
동물적 자아(Tier-Ich)일 뿐이다. 한편 시인은 의사인 동시에 정
신분석이 필요한 히스테리환자이다. 시인은 자신이 앓고 있는
강박증을 치료하기 위해 자신의 뇌에 구멍을 뚫어 "불확실한 잡
사(雜事)들"을 끄집어낸다. 이런 '의사/환자'에게 근대가 갈라
놓은 주체와 객체의 이분법은 무효하다. 인식이 존재에 선행한
다는 데카르트의 정언명령도 무의미하다. 인간의 머리가 휴머
니즘의 중앙정부라는 오래된 통념에도 구멍이 뻥 뚫린다. 그래
서 시인은 지구라는 수용소에 인질로 갇힌 사람들 가운데 최초

로 외계인 시민권을 획득한다. 무엇보다도 그가 뇌에서 불순물 (통념, 이념, 가치체계, 도덕률, 시작법 등)을 제거한 후 지상의 "과중압력"으로부터 완전히 해방되었기 때문이다. 이원(사이보그), 성기완(초록의 고무괴물), 이기인(기계와 섹스하는 소녀), 황병승(뽀비를 사랑한 밍따오), 이민하(환상수족을 지닌 마네킹) 등 한국에 거주하는 외계인 시인들과 수차례 인터뷰를 수행한 경험이 있는 이장욱이 적시한 대로, 외계인은 "관습, 종교, 이념, 윤리 등 모든 이데올로기의 기술적 순수성, 이데올로기의 가치론적 순수성이 흔들리는 경계의 지점까지" 나가 위태로워질 때, 그래서 "그 순수성들이 한 육체의 내부에서 무한한 모순에 봉착하는 순간"(〈외계인 인터뷰〉) 탄생하는 것이다.

생존자

시의 권리보장은 고사하고 시인의 생존권마저 갈수록 위태로워지는 오늘날, 시와 시인은 앞으로 어떻게 진화해나갈 것인가? 미래의 시의 권리는 어디서 보장될 것인가? 도대체 시는 어디로 가고 있는가? '포잇 오블리제(poet oblige)'를 실천한 횔덜린이 살아 있다면 이렇게 말했을 것이다.

나는 모르겠노라. 풍요 속에서도 궁핍한 이 시대에 시인은 무엇을 위해 존재하는가?

이 까다로운 물음에 답하는 일은 나의 안목과 능력을 훌쩍 뛰어넘는다. 그래서 이 글을 쓰는 데 영감을 준 한 평론가의 전언을 빌리는 것으로 고르디우스의 첫 매듭을 풀어보고자 한다.

고대의 시의 영광과 현대의 시의 불우 사이에 단순히 시대적 격차가 개입돼 있는 것만은 아닐 것이다. "영원히 사라지지 않을" 시인의 이름이 "천년을 장슈한" 쉬인의 끈질긴 생존으로 전도되는 순간 시도 시인도 우스워지기는 마찬가지이다. 그럼에도 불구하고 시는 살아남아서 오늘날에도 일부 사람들에게 전율과 매혹을 선사하고 있다. 시인에게 따라다니던 '공인받지 못한 입법자'라는 명칭은 적잖이 퇴색했지만 지금도 일정한 영향력을 행사하고 있으며 시인이 꿈꾸는 '절대의 책'은 환상에 지나지 않지만 그 추구는 여전히 지속되고 있다. 그렇다면 오늘날 시인은 영광된 가문의 후계자로서가 아니라 적절한 퇴장 시기를 놓친 불우한 생존자로 이 땅에 남아 있다고 봐야 할 것이다. 그의 임무는 과거 영광을 다시 한번 재현하는 데 있는 것이 아니라 자신에게 주어진 과업을 그 불가능성에도 불구하고 최후까지 극단까지 추구하는 데 있을 것이다.

— 남진우, 《그리고 신은 시인을 창조했다》 중에서

불우한 생존자의 우울한 열정! 이 끈질긴 저항의 멜랑콜리가 미래의 시의 권리장전을 보장하리라.

 * 이 글은 졸저 《수집가의 멜랑콜리》에 실린 원고를 일부 수정, 보완해 재수록한 것임.

번역가의 새로운 과제
동아시아 시의 영어 번역

제임스 셰이(James Shea)

지난해(2015)는 에즈라 파운드가 영어로 번역한 이백(李伯)의 〈강상(江商)의 아내: 편지〉의 출간 백주년이었다. 이 시가 오늘날까지도 감동적인 시로 남아 있는 것을 보면 파운드의 획기적인 번역은 그 자신만큼이나 동시대의 작가들에게도 분명히 환영받을 만한 발견이었을 것이다. 1915년 출간된 소책자《중국 *Cathay*》에 등장한 이 번역은 파운드 이미지즘의 원칙인 일상적인 언어, 간결함, 그리고 비정형 문체의 수사적인 위력을 입증한다. 파운드에게는 프랑스의 자유시 작가들과 같은 다른 영향도 많았지만, 중국과 일본 시 번역을 접하는 것이야말로 그의 미학적 세계관을 다지게 했다. 그의 1918년 에세이 〈중국 시〉에서 파운드는 〈강상의 아내: 편지〉를 인용하며 중국 시의 "직접성과 현실성"을 강조했다.

중국 시가 생생한 묘사라는 특성을 갖고 있으므로, 그리고 몇몇 중국 시인들이 훈계나 비판 없이 내용을 제시했기 때문에 우리는 번역을 위해 노력하는 것이다.

T. S. 엘리엇은 파운드를 "우리 시대의 중국 시 발명가"라고 설명한 적이 있었다. 파운드가 우리에게 "중국 시 그 자체"를 준 것은 아니더라도 중국 고전 시에 대한 그의 견해는 20세기 자유 시의 발전에 심오한 영향을 미쳤기 때문이다.

파운드의 시대와 2차 세계대전 이후 세대의 동아시아 시 번역가들은 주로 학자들이었다. 예를 들면 전쟁 전후로 일본에 살았던 영국인 블라이스(R. H. Blythe)의 명확한 일본 시 번역은 아직까지도 영어로 하이쿠를 쓰는 시인들의 기억에 남아 있다. 중국 시와 일본 시에 집중한 버튼 왓슨(Burton Watson) 또한 학자 출신 번역가였다. 다작이었던 그의 명료한 동아시아 고전 시 번역은 아직도 수업에 활용된다. 한국 시의 몇몇 번역가들은 리처드 러트(Richard Rutt) 같은 선교사였지만 다른 이들은 주로 한국에서 태어난 한국인이었다. 특히, 학자 피터 리(Peter Lee)는 수많은 한국 시 번역문집을 출판했는데, 흥미롭게도 그는 생애의 마지막 몇 해 동안 시인 월리스 스티븐스(Wallace Stevens)와 편지를 주고받았다.

그러나 우리가 21세기로 발걸음을 내디디면서 더욱 많고 다양한 동아시아 시 번역가들을 볼 수 있었고 새로 출현한 영어 번역본들의 작은 번창도 있었다. 이는 지난 20여 년간 문학창작 프로그램들이 급증한 덕도 있을 것이다. 이러한 프로그램들은 문학잡지와 소형 출판사에 물결을 일으켰고, 국제적인 시 독자층을 키웠으며 더 많은 작가가 번역가가 될 수 있도록 도왔다. 문학번역 석사와 박사과정 프로그램들은 아직까지 제한되어 있지만, 국제펜클럽 미국본부에 따르면 문학번역 대학원 과정을 제공하는 프로그램들은 수십 개나 된다고 한다. 이 떠오르는 세대의 번역가들은 영시의 미래에 지속적인 영향을 미칠 것으로 보인다.

세계 시, 특히 동아시아 시는 영어로 번역되는 일이 드물다는 것에 주목해야 한다. 여러 출처에 따르면 미국에서 출판된 책 중 오직 3%만이 번역물이며, 그중 거의 모두가 논픽션이고 오직 1%가 소설이다. 시는 1%보다 낮은 비율을 차지한다. 엘리엇 와인버거(Eliot Weinberger)는 1년에 출판되는 책 중 문학번역물이 0.3%에 가깝다고 주장한 적이 있다. 그는 미국 내 "진짜 출판사"들이 펴낸 10만 권의 새로운 출판물 중 오직 300~400권만이 문학번역물이라고 말했다. 그럼에도 우리가 동아시아 시의 영어번역 르네상스를 보게 될 것이라는 희망을 품는 이유가 몇 가지 있다. 동아시아 시의 번역은 고전과 현대 둘 다 늘어나고 있고 이 번역본들은 지금까지보다 더 다양하고, 잘 이해되었으며, 섬세해졌다. 최근에는 아시아의 다른 지역 출신 시인들 또한 책으로 번역된 바가 있다. 예컨대 존 발라반(John Balaban)이 번역한 베트남 시인 호 쑤언 흐엉(Ho Xuan Huong)의《봄의 진수 Spring Essence》(2000)와 코 코 테트(Ko Ko Thett), 제임스 번(James Byrne)이 편집한《버마 시선집 Bones Will Crow》(2013)이 있다. 그러나 필자가 말하는 동아시아 시는 주로 한국, 일본, 그리고 중국 시를 말한다.

번역 시를 출판하는 데 열성적인 미국의 소형 출판사 중 가장 활발한 곳들은 액션북스, 카나리움북스, 리트머스출판, 뉴디렉션스, 화이트 파인, 그리고 제퍼출판 등이 있다. 문학잡지 중에서는 2003년에 창간된《써컴퍼런스*Circumference*》가 있는데, 이는 높은 평가를 받는 번역시 잡지이며 최근 온라인 포맷으로 옮겼다. 번역시를 강조하는 문학잡지들은 온라인 포맷이 가장 적합한데, 이는 국제적 독자층을 고려해서이다.《애심토우트*Asymptote*》라는 새로운 온라인 잡지는 설립자가 타이베이에 기반을 두고 있는데, 이 잡지는 거의 문학번역에만 집중하며 동아시아 시도 포함한다. 이 출판사들과 문학잡지들은 번역본의 2개국어 버전을 자주 출판하는데, 이는 지난 100년간 대부분 영어 번역본만을 출판하던 관습에 비해 바람직한 변화라고 볼 수 있다. 현대 동아시아 시 번역가들의 성좌가 늘어나는 데 이바지한 가장 유명한 번역가들로는 제프리 앵글스(Jeffrey Angles), 스티븐 브래드버리(Stephen Bradbury), 최돈미, 제니퍼 필리(Jennifer Feeley), 엘리노어 굿맨(Eleanor Goodman), 데이비드 힌튼(David Hinton), 루카스 클라인(Lucas Klein), 윌리엄 스탠리 머윈(W. S. Merwin), 사와코 나카야스, 그리고 에릭 셀런드(Eric Selland) 등이 있다.

이 번역가들의 배경을 살펴보면 그들이 파운드, 블라이스, 그리고 왓슨의 프로필과 얼마나 다른지 알 수 있다. 첫째로, 이전보다 동아시아 시의 여성 번역가들이 훨씬 많아졌다. 예를 들어 제니퍼 필리는 최근 홍콩의 가장 저명한 작가 중 한 명인 시시(Xi Xi)의《쓰어지지 않은 말*Not Written Words*》(2016)을 번역했다. 더욱이, 대만의 현존하는 여성 시인 중 가장 중요한 샤 유 (Hsia Yu)의 주요 번역가이자 예 미미(Ye Mimi)와 같은 타이완 젊은 시인들의 번역가인 스티븐 브래드버리와 같은 여러 남성 번역가들 또한 여성 시인들을 번역하는 데 헌신하는 모습을 보여주었다.

지난 100년간의 주요 번역가들과 또 하나 다른 점은 현대 번역가들은 대개 이중 문화를 갖고 있다는 점이다. 예를 들어 일본 시 번역가인 사와코 나카야스는 일본에서 태어났지만 여섯 살 때부터 미국에서 살았고, 브라운대학교에서 시학으로 석사 학위를 받은 후 현재는 도쿄로 돌아가 살고 있다. 그녀는 자신의 시와 산문도 출판했고 두 권의 유명한 시집,《사가와 치카 시 전집》(2015)과 다카시 히라이데의《호두의 투혼을 위하여*For the Fighting Spirit of the Walnut*》(2008)를 번역했다. 일본과 미국에서 자란 나카야스는 일본어와 영어 둘 다에 능통하며 그녀 자신 또한 시인이자 작가이기 때문에 일본 시를 번역하기에 적합하다. 이렇게 그녀는 동아시아 문학에서 서양 번역가의 역할을 재구성한다.

현대 동아시아 시 번역가들이 여성 시인을 번역하기로 선택하는 것과 문화적으로 다양한 것, 그리고 주로 자신들 또한 작가인 것에 더해 그들은 이전보다 더 노골적으로 번역을 정치적 행위로 보는 경향이 있다. 이는 로렌스 베누티(Lawrence Venuti)의 중요한 에세이〈문화정치학으로서의 번역*Translation as Cultural Politics*〉과 같은 20세기 말 번역이론의 영향을 받아 오늘날의 번역가들은 번역을 국가간의 권력관계를 재고하는 방법으로 받아들인다. 예시로 최근에 한국의 가장 중요한 시인 중 한 명인 김혜순의 책 여러 권을 번역한 최돈미가 있다. 서울에서 태어나 이제는 미국에 정착한 최 시인은 자신의 목표가 번역을 이용해 미국의 헤게모니에 대한 인식을 높이는 것이라고 말한 바 있다. 그녀가 쓰길, "제 의도는 신식민국이 자신에게 뭘 하는지, 뭘 먹고 싸는지 밝히는 거예요. 김혜순의 시는 이걸 폭로하고, 그래서 저는 그녀의 작품을 번역하죠." 계속해서, "제 번역은 개인적 성장, 지적 운동, 혹은 문화 교류와 전혀 상관이 없어요. 이들은 뭔가 동등한 자격을 암시하니까요. 한국과 미국은 동등하지 않아요. 저는 다국가적으로 동등하지 않아요"라고 썼다. 최돈미에게 문학번역은 자아실현으로 이끄는 초월적인 작업이 아니다. 그보다는 경제적인 권력관계에 이의를 제기하고 한국과 미국의 관계에서 불화를 증폭시킬 기회이다.

번역가-운동가의 또 다른 예시로 제프리 앵글스가 있는데, 그는 다작의 일본 시 번역가로 아라이 다카코, 이토 히로미, 타다 치마코, 그리고 다카하시 무츠와 같은 시인들을 번역한 바 있다. 그는 일본의 여성과 퀴어문학에 초점을 두고 우리가 흔히 연상하는 벚꽃이나 물에 빠지는 개구리와 같은 일본 시에 대한 이해를 넘어설 수 있도록 노력한다. 그가 최근에 여러 권 번역한 이토 히로미는 일본의 무속신앙, 섹슈얼리티와 시의 관계에 중점을 둔 일본의 여성 시인이다. 비슷하게, 김혜순 또한 한국의 여성들이 역사적으로 무속신화로서 권력을 갖게 된 것에 대한 감탄을 표했다. 그녀는 "한국문화에서 남성이 여성보다 낮은 지위를 갖는 분야는 단 한 가지, 무당 의례뿐이다"라고 썼다.

동아시아 시의 무속신앙, 페미니즘, 에로티시즘에 대한 강조는 현대 미국 시에서도 큰 흐름을 보인다. 미국에서 김혜순과 이토 히로미 둘 다를 출판한 액션북스를 필두로 하여 미국 시의 소위 신기괴(neo-grotesque) 운동은 계속하여 1970년대에서 지금까지 미국의 가장 중요한 최신 아방가르드 운동인 언어시(Language poetry)의 미적 평형추 역할을 하고 있다. 신기괴는 앙토냉 아르토, 엘렌 식수, 질 들뢰즈와 펠릭스 가타리, 그리고 슬라보예 지젝과 같은 철학자들에 의지하여 성적, 인종적, 경제적 억압 속에서 어느 정도 안정적인 화자의 급진적인 물질 현실을 강조한다. 와인버거에 따르면 언어시는 대체적으로 국제 시를 간과한다. 반면에 다니엘 보르주츠키(Daniel Borzutzky), 라라 글레넘(Lara Glenum), 요하네스 괴란손(Johannes Göransson), 조엘 맥스위니(Joyelle McSweeney), 아리아나 라인스(Ariana Reines), 그리고 로날도 윌슨(Ronaldo Wilson)과 같은 미국 기반의 신기괴 시인들은 국제 시와 번역의 투사들이다.

현대의 시 운동 중 어느 것이 영시에 오래 지속되는 영향을 끼칠지, 끼치기나 할지 예상하는 것은 힘들겠지만, 우리는 미래에 동아시아 문학의 번역이 급증할 것이라고 기대할 수 있다. 예를 들어 한국, 타이완, 홍콩은 정부 지원을 통해 그들의 문학번역을 위한 진정한 노력을 보였다.《뉴요커》지는 한국이 한국문학번역원을 통해 더 많은 한국작가들을 영어로 번역할 계획을 최근에 밝혔고, 홍콩 중앙정부의 예술발전위원회는 현대 홍콩 작가들의 책 10권의 번역과 출판을 위해 22만 5천 달러가 넘는 전례 없는 금액을 기금으로 제공했다. 동아시아 경제가 계속해서 성장한다면 이러한 프로젝트들이 지역에 더 널리 퍼질 것이고, 미국을 포함한 여러 다른 곳의 문학번역 프로젝트들에 대한 지원 또한 늘어날 것이다.

더 멀리 보면 구글번역과 같은 기계번역은 즉각적인 문학번역의 가능성을 제공한다. 이는 일반 독자들이 시를 번역 프로그램에 복사하여 붙임으로써 동아시아 시에 도전하게 할 수도 있다. 기계번역이 시에 있어서 성공적일 것이라 상상하기는 어렵다. 원본의 읽을 만한 형태를 전달할 수 있다 해도 시 번역의 기쁨(그리고 어려움)은 '인간번역'을 아직은 보람 있게 할 것이다.

시와 시평

초판 1쇄 발행 2017년 2월 20일
지은이 강경석 류신 이기인 이선욱 임선기 외
영시 교열 박선아

발행인 박지홍 발행처 봄날의책 등록 제311-2012-000076호 (2012년 12월 26일)
서울 은평구 연서로 182-1 502호(대조동, 미래아트빌) 전화 070-7570-1543,
팩스 070-7570-9880, E-mail springdaysbook@gmail.com

편집 박지홍 디자인 공미경 인쇄·제책 한영문화사

ISBN 979-11-86372-09-8 03810

이 도서의 국립중앙도서관 출판시도서목록(CIP)은 서지정보유통지원시스템
홈페이지(http://seoji.nl.go.kr)와 국가자료공동목록시스템(http://www.nl.go.kr/kolisnet)에서
이용하실 수 있습니다.(CIP제어번호: CIP2017001337)

* 이 책은 인천문화재단의 일부 지원을 받아 제작되었습니다.